主编 凌翔

当代著

饮尽世间一杯茶

徐琳 著

民主与建设出版社
·北京·

© 民主与建设出版社，2020

图书在版编目（CIP）数据

饮尽世间一杯茶 / 徐琳著 . —北京：民主与建设出版社，2020.2

ISBN 978-7-5139-2933-2

Ⅰ.①饮… Ⅱ.①徐… Ⅲ.①散文集—中国—当代 Ⅳ.① I267

中国版本图书馆 CIP 数据核字（2020）第 033070 号

饮尽世间一杯茶
YINJIN SHIJIAN YIBEICHA

著　　者	徐　琳
责任编辑	周佩芳
封面设计	陈　姝
出版发行	民主与建设出版社有限责任公司
电　　话	（010）59417747　59419778
社　　址	北京市海淀区西三环中路 10 号望海楼 E 座 7 层
邮　　编	100142
印　　刷	唐山楠萍印务有限公司
版　　次	2020 年 7 月第 1 版
印　　次	2020 年 7 月第 1 次印刷
开　　本	710 毫米 ×1000 毫米　1/16
印　　张	13
字　　数	200 千字
书　　号	ISBN 978-7-5139-2933-2
定　　价	39.80 元

注：如有印、装质量问题，请与出版社联系。

点亮自己，照亮别人（自序）

有一年，因病住院。上午躺在那里吊水，漫长的下午和晚上极其难熬，身体上的伤口隐约地疼，我沉默着不出声。

亲人朋友们来看望，说着他们的安慰，我也沉默着，总觉得他们并不能清楚我内心里蔓延的疼痛。

先生从家里带来一本书，闷着的时候，我躺在那里看。读到一篇文章，一个女人以细腻的文笔写女人身体里那些隐秘的疼痛。牙疼，女人生理周期的疼痛，因为疾病丧失器官，婚姻破碎。

我确定自己在早前就读过这篇文章，但是在躺在病床上的这个时候，发觉这篇文字如此触动我的灵魂，那些轻灵的文字像柔软的丝巾缠绕肌肤。

夜晚，先生挤在狭小的病床上，挨着我睡。他累了，早早发出呼噜声。我睡不着，那些文字又从脑海里窜出来。我发觉那个写字的女子就坐在我面前，我们彼此陌生，却又如此亲密地靠近。因为相似的经历，因为感同身受的疼痛。我略侧一侧身，在黑暗里紧紧抓着先生的手。他并不会醒，但他的手也稍稍用力地握住我的手。泪水无声地流下眼角，无声地落在枕上。

生命无所谓痛苦和幸福，幸福难长久，痛苦不可怕。是经历，是体验。用文字留下对生的顿悟，抚慰自己，也能温暖别人。是在不断阅读、写作的过程中，自觉天地广阔，星光灿烂。阅读的时候，那是一个人沉默着体味另一个人心灵旅行的方向。写作的时候，是一个人梳理自己芜杂头绪的过程。因为阅读，感受得到一颗心靠近另一颗心，真是幸福。缘于写作，看得透凡俗尘世中的清明与污秽，真是美妙。

"有一天，一个男人向我走来，他说我认得你。那时候，人人都说你美。可我特地来告诉你，与你年轻的美貌相比，我更爱你现在倍受摧残饱经风霜的面容。"

这段话无数次被人引用过，杜拉斯《情人》里的经典语段。谁都清楚岁月的风沙会一点点磨砺容颜，喜欢这段话，是迷醉于这样深情的表达。

少女岁月，少不了窗下情歌，小树林的遇见，但这些不会让女人久久惦念。有一天，她老到步履艰难，你肯不肯俯下身子，轻吻她憔悴的脸？

年轻的时候，读这段话，设想那无法拒绝的老年。老了，读着这段话，期待这样的会面。也许这样的情境一直不会有，只在无尽的期待里含笑着闭上双眼。

除了文字，我认为没有什么能够让女人更美，也没有什么能够编织她们的梦境。

杜拉斯就是一个酗酒成瘾，且个头矮小的女人。但她是美的，凛冽的美。一个人的夜晚，唯有她的文字可以让你摆脱恐惧和寂寞。杜拉斯还说，她是自恋的。写作的女人估计都有自恋症，但我总觉得，自恋一定比自卑强，如此又何尝不可呢？

电视台曾给我做过一期专访。中学时的语文老师看过后,深夜里短信说:老师为你骄傲!但老师估计已经忘了,做他学生的时候,因为我的忧郁和情绪低落,他曾经给我写过一张卡片:"一个能在书乡中寻觅书香的人,应是能求得心灵的宁静与安然的。"在《点一盏暖暖的灯》一文中,我详述了这段内心的感动。

网络上盛传一句话"伟大的发明家爱迪生是怕黑的——所以其普通之处在于点亮了自己,其伟大之处在于照亮了别人。"

爱上文字的过程,也是一段点亮自己,照亮别人的过程。点亮自己是快乐,照亮别人是欣慰。

此为袒露,也是领悟。

目 录

第一辑　乡村影像

爷爷的渔网　002

划起腰子盆　004

那些模糊或者消失了的身影　006

那些狗儿　012

乡村影像　018

夏天的笔记二题　023

悠悠年事　027

黄荆条·阳光·豆酱　031

甜酒香　034

毽子乐　036

腾讯地图上那个命名徐家庄的地方　039

第二辑　似水流年

绿的隐喻　048

点一盏暖暖的灯　051

初夏,一个有雨的晚上　053

有些话,不必说出口　056

饮尽世间一杯茶　058

年三十的阳光　061

似水流年　063

雪下得这么久　068
菊花恋　070
走失　072
绳子的梦境　074
众说纷纭话吃相　077
融融乐乐已一年　079
归零　082
一把藤椅的前世今生　084
试金石　088
当国歌声响起，当五星红旗升起　090
我的学生们　093

第三辑　原香

阳光的慈爱　106
爱上一杯茶　109
睡在书页里的蝴蝶　111
为了梦中的橄榄树　113
约会春天　116
猎书　118
书，最重的礼物　120
独处的空间　122
生如夕颜　125
秋天，去看栾树　128
茶香女人　130
原香　132
恋上楝树　134

我看见风　136
至简之趣　138
善待午睡　140
书香弥漫我们的童年　143
一堂杏花课　147
红楼悟（组文）　150

第四辑　生命的礼物

功不唐捐，玉汝于成　158
絮语弦声与谁听　161
致　163
十年一如初见　168
人约黄昏　171
生命的灯　174
灵魂的重负　176
你是我的爸爸　179
生命的礼物　182
看日出　186
陪你长大　188
我是你矮小的母亲　192
爱到无力　194
亲人节快乐　196

后记　198

第一辑 乡村影像

爷爷的渔网

当黄昏的最后一缕霞光,在西天散尽的时候,爷爷的身影就出现在村口。

爷爷挑着一张渔网、一只鱼篓,哼着含糊的曲调,慢慢踱进村子,渔网和鱼篓里的腥气,也就在村子里淡淡地弥漫。每当这个时候,小脚的奶奶就从屋子里迎出来,拿着准备好的砧板和菜刀候在屋檐下。

爷爷放下鱼篓,在一根竹杈上挂起渔网,散开,轻轻抖掉渔网上的水草。

晚饭时,奶奶端上一碗堆得高高的鱼。这些鱼,大小不一,名称也不一。那些上色的鱼,诸如长得匀称的鲫鱼,在爷爷回家的路上已经被人买走了。那些人家,或者家里供了手艺人,或者来了亲戚。

爷爷的渔网是村子里最好的,因为二叔是织渔网的好手。爷爷的渔网可以捕到深水塘的鱼,甚至捕到江里的鱼,而且不用在水里趟来趟去,弄出一身泥水。爷爷的渔网从不外借。有一年,在外当兵的五叔拿了爷爷的渔网试试,可一撒出网就闹笑话了。网没撒出去,人却被带进水里,成了水鸭子。

织一张这样的渔网要费时很久。得去很远的镇上买回上好的渔网线，用纺车缠成线锤。这样纺过的渔网线结实，耐用。渔网织好后，要放进加了猪血和水的锅里煮。经过猪血煮过的新渔网挂在外面晾，那腥气直冲脑门。我从来就不明白，这样处理渔网，是要增加渔网的结实，还是为了撒网的时候吸引鱼儿。

织渔网的最后一道工序，是在渔网脚上缀豆荚大的锡砣。隔三四寸缀一个，一张渔网上，要缀上百个锡砣。这锡砣无处去买，只能自己动手做。一只小铁炉，炭火烧得旺旺的，炉上的一口铁锅里盛着锡制的牙膏皮。慢慢将这些牙膏皮熬成一锅锡水，舀一勺锡水倒进模子里，再放进冷水里冷却，模子里的锡砣就成型了。

村子里能打鱼的人多，但只有爷爷有这样好的渔网，也只有爷爷有那么好的撒网技巧。左手绕起渔网头，右手提起渔网脚，一个侧身，渔网就像一只张开双翅的大鹏鸟，在空中划出一道优美的弧线，沉入水底。再慢慢地收起渔网，拖上岸，鱼就网在其中。一点点抖去水草、石子，拎起鱼，扔进渔篓。爷爷说他每天出去大概撒那么八到十网，就有半篓鱼。

记忆里，爷爷捕过一回最大的鱼。我那时只有八九岁，二叔拖回那条大鱼，拎起来跟我人一样高。那条大鱼没卖，估计也没人会买。那一天，我们一家人就像过节。所有人都参与到这条鱼的处理上来，我就跟在奶奶身后，硬是要来一只鱼眼睛。

爷爷去世很多年了。二叔搬家之后，老屋就一直空在那里。有一回，奶奶叨唠：爷爷的渔网还好好的吧。

划起腰子盆

我一直生活的这个地方,是圩区。

一条河,一到汛期就洪水泛滥。为了阻挡洪水,一寸一寸填高河岸,就是圩。圩里人家的房子,多是建在圩堤上。长长的圩堤,房子一户挨着一户。门前,河流蜿蜒而去;门后的圩心,是一望无际的稻田。

在我们圩区,几乎家家都有腰子盆和丝网。腰子盆,是行在水上最小最轻便的木船,因状似腰子而得名。船小好掉头,水里最为灵动的,恐怕就数腰子盆了。人坐进去,左右手各执一只桡,轻巧地划动水,腰子盆便在水面往前或者往后,左右摆动也很自如。划得兴起,可说是春风得意了。划一下,腰子盆便能在水上行出好大一截,可以腾出手来,一点点抖开丝网。再拿桡子一下一下划着,绕着丝网撒开的一片水域敲打一回,赶着鱼儿,鱼儿惊吓着四处瞎撞,撞到丝网上,人的"计谋"就得逞了。收起丝网,总会有那么几条鱼,或者一批鱼,以细长肥硕的鳌鲦居多。

取新鲜鳌鲦煮一碗,是饭桌上的一道佳肴。若是天高气爽、阳光灿烂的秋天，将这些鲝鲦腌制一两天，拿出去晒干，圩里人家的一个冬天就有鱼香了。从入秋以后到第二年的春天，这里每户人家的檐前差不多都挂着那么几串鱼干。饭开锅后，滗了米汤，拣几条鱼干放在锅边，饭熟了，鱼干带着饭香飘出很远。还可以就着辣椒水煮一回，又是别有一番风味。想鱼米之乡的美好，大略就是这样了。

丝网当然只能用来捕鱼。但在圩里人家，腰子盆除了捕鱼，还有许多别的用途。

圩里的水塘、沟渠纵横，那些水域除了有鱼儿，还有莲藕、菱角。初夏，划了腰子盆去水里拔藕牙。立秋前后，菱角成熟了。那些害羞的菱角一个个藏在菱叶下面，划了腰子盆在菱叶之间穿行，得把一棵棵菱叶翻起，方才摘得那些菱角。

此刻，我不知道那些腰子盆和丝网，躺在圩里人家的哪个角落？那些场景从眼前掠过，仿佛也就是那么一瞬。我时常读南朝民歌《西洲曲》，哼一哼那首熟悉的民歌《采红菱》，腰子盆又在我心上划起来了。

那些模糊或者消失了的身影

有时候,他们的身影一直在我的脑海里闪现,如此清晰,如此贴近。但他们的身影,又确乎是早已模糊和消失了的,像灰尘,像轻烟,像水滴。

莲婶

村子后面的那片稻田是我们家的。稻子黄了,麻雀会来抢食。我便每天绕过那片长满猫耳刺的山坡,拿一根长长的竹竿,去那里赶麻雀。

山坡那边,住着莲婶一家。我们村子大都是徐姓,但莲婶一家不姓徐,她的家在村外。莲婶的两个女儿跟我一般大,她们还有一个刚会爬的弟弟。我在那里赶麻雀的时候,常与她们玩"藏猫猫""跳房子",还给她们的弟弟"搭花轿",逗得那个可爱的男孩咯咯大笑。

玩累了,就想着赶麻雀,拿起竹竿一舞,麻雀呼啦一下飞起,黑压压的一片。但它们并不会飞远,停在树丛或是电线杆上。赶与不赶,麻雀们都会来，也不会饿着。但我每天还是会去那里赶麻雀，因为我跟这两姐妹是好朋友。除了我赶麻雀时来，就没人会来。在一个聚族而居的村子里，大家对于外姓人很冷漠，但母亲没有责备过我跟他们一起玩。

莲婶的丈夫根叔是一个严肃的人，不常看见他笑。他个头高，也极壮硕。其实，我不常看见莲婶和根叔，他们都在田地里忙。

后来，我上学了，但莲婶的孩子没上学，我跟她们见面就少了。过了两三年，根叔大病一场，去世了。我问过母亲："根叔那么棒的身体，怎么一生病就死了？"母亲也说不明白，只说命定的吧。

根叔去世后，莲婶家的田没人耕了。莲婶就替人割稻、栽秧，换工，让别人替她耕田。但不知为什么，愿意跟她换工的人不多。四叔有一次答应跟莲婶换工了，可四婶不高兴，还大骂四叔：为什么别人不愿意，偏偏你愿意？

偶尔看到她娘家的兄弟来帮忙，但这样的机会也不多，她只好自己一个人做。当她扶着犁，跟在牛后面吆喝的时候，村子里的那些男人，一个个不敢走她的田埂。

又过了几年，莲婶家来了一个男人。说是年轻的时候，因为家里穷，没讨上老婆，还是青头男。"青头男"这个词从四婶嘴里蹦出来的时候，是带着嫉妒的。

母亲跟父亲说：莲花也该有个人帮她，三个孩子，梯子档似的，难啊！她没扎，还可以给那个人生个孩子。

第二年，莲婶还真生了一个男孩。那个男人远远走在路上的背影，也就挺直了不少。孩子出世之前，管计划生育的人来过几次，但没什么措施。

我后来又出去读书了。有一年暑假里的一天，莲婶男人对那个才几岁的儿子说："我睡一会儿，你去叫妈妈回家。"莲婶去田里拔草了。儿子一出门，男人就喝了农药。莲婶回到家，男人已经口吐白沫了。她找了板车拉男人去卫生院。路上，村里人对她说："别去了。"

可莲婶还是把男人拉到卫生院，医生翻了翻男人的眼皮，便没再动手抢救，莲婶又把男人拉回家。

房子外面搭了一个棚，男人的尸体就停在那棚里。这里的风俗，人死在外面，不再进家。他们家刚盖了一间很大很宽敞的瓦房，两扇大门。村子里有人传言说：房子盖起来之后，男人就带着小儿子从另一个大门出入。但这话不可靠，因为那男人死的时候，我母亲去给莲婶帮忙，看见他们家只有一间厨房，一副锅灶。

四婶再来家串门，跟母亲说：那男人真没福，死了也不能从自己盖的大房子里出去。母亲应：一个男人有什么不能挺，要喝药？四婶说：莲花那人命硬。先前，元根是多棒的身体，还不是一病就去了。母亲便叹了一回气。

我毕业之后，去了远离家的镇上工作。很多年过去了，莲婶该很老了吧。她的两个女儿会嫁到哪里？两个儿子该成家了。莲婶不会还自己下田，自己扶犁吧。

香爱

香爱是三叔的女儿。三婶过世的时候，香爱才五岁。她是三叔唯一的女儿，但她早早懂事。当我们都背着书包上学的时候，香爱在家学会了做饭、洗衣服、放牛、喂猪。我们放学后，有时会围在一起玩"藏猫猫"，从这个草垛爬进那个草垛，弄得满头满身的草屑。香爱会来草垛旁拿铁钩筢稻草，抱回去喂牛、烧饭。我尤其羡慕她的手巧。

冬天了，牛没了青草喂养，会掉膘，得煮了糯米饭包在稻草里喂牛。一束稻草窝成个棒槌样的空心锤，填了半生不熟的糯米饭，细细捆实，喂进牛的嘴里去。这个活儿看似简单，其实不然。饭锤大了不行，牛咀嚼的时候会掉出饭粒，就糟蹋了。饭锤捆实了，牛嚼起来困难。捆松了，应该是没有嚼头吧。香爱能把这样的活儿做得很细，一手牵着牛的鼻子，一手把捆得恰到好处的饭锤塞进牛的嘴里。

　　但我后来埋头读书，渐渐疏远了从没踏过校门的香爱。至于她后来还能做哪些心灵手巧的活儿也不在意了。有时，会听母亲说，香爱能拆了袜口织好看的线衫，还能用柳条编箩筐，也少有羡慕。大略我是隐约嫉妒的，应该没有说出来吧。

　　有一回，三叔来家里，说有人来家里给香爱提亲了。三叔大概是很满意，因为是香爱舅舅保的媒。末了，三叔说了那个男孩子的名字，我隐约地记得这个人曾是我初中时候的同学，就随口应了一句。香爱后来常常来找我，询问他的情况。但我其实对那个人没有什么印象，也不好说什么。香爱总是低声自语：他初中毕业哦！语气里很是钦慕的样子。

　　三叔后来病重去世，男方家里来人提结婚。这里有这样的习俗：一方家里有至亲过世，要么"七里"（注：人死后，每隔七天祭奠一次，先后祭奠七次，称"做七"。"七里"指"做七"期间。）结婚，要么三年大孝之后结婚。三年的时间太长，就定在"七里"结婚了。短短几十天，还没有父母的操持，那个婚礼足够草草了事的。母亲说到香爱出嫁是悄悄红了眼眶的：哎，没妈的孩子是根草啊。

　　香爱在婆家常被公婆打，那个曾经是我同学的男人似乎并不知道怎样处理父母和妻子的关系。常常是吵闹、被打过后好多天，香爱抱了孩子偷偷跑回家，对着哥嫂哭诉。哥嫂似乎也并不想为着她时过境迁的家事而闹上门去。有一天早上，一夜大雨过后，大家在她父母的坟头，看见香爱怀抱着孩子，眼神呆滞，看见了人就傻傻地笑，笑声凄厉。婆家的人找上门来，言香爱昨夜在与公婆吵架后，放火烧了房子。

　　香爱三岁的孩子被婆家人带走了。香爱留在村里，两个哥嫂并不给她容身之处。她常在草垛里睡，饿了，拿只破碗靠在某家的门框上。可是，有一段日子，她一到晚上就放火烧人家的草垛。被点燃的草垛，救起火来格外的难。光浇水是没用的，浇灭了外面的火，可是草垛里面还在烧。等到把草垛顶掀了，灭了火，一个草垛被水湿了，再拉散，也就差不多废了。一季的牛草、烧锅的引火都没着落了。村子里的人讨厌极了，也不肯给她饭吃了。

有一回，我看见她躺在草垛旁，都快爬不起来了。我很难过：你曾经的心灵手巧呢？你为什么要放火烧人家的草垛？冷吗，还是喜欢看火光冲天的样子？或者，在你的意识里，只有火是最后的记忆？

再后来，我回家，母亲说香爱不见了，不知道去了哪里。她能去哪里呢？

放牛的虎子

我十岁那年，姐姐去镇上读中学了。我接替姐姐，每天放学后放牛。村子里像我一般大的孩子，都要放牛。像三叔家的虎子，陈叔家的菊香姐姐，和梅子姑姑。他们不上学，没踏进过校门一步。他们只放牛，拾稻穗，赶麻雀。母亲说他们是扁担倒个"一"字也不认识。

放牛其实一点都不累。村子后面是一片沼泽地，那里杂草丛生。我每天只需把牛牵到那里，让牛吃饱，再把牛牵回家就行。但我不敢解牛绳、系牛绳，不敢把牛绳绕在牛角上。因此，这些事情都由虎子来做。其实，虎子比我还小一岁。

我们把牛放在沼泽地之后，就可以做自己的事情了。我常常是把课本带在身边，背课文；有时还带上弟弟，招呼他不要玩水。虎子、菊香、梅子他们把牛放来之后，还要去割草、拾牛粪。有时，他们什么都不做，就来看我读书。我对他们说：我长大以后，要像书上那样，买拖拉机耕田，还有插秧机、播种机，那叫机械化。

他们问：机械化了，人就不用做事了吧？

我说：还要做事，可是不累了，至少不用放牛了，那你们就都可以去念书了。

五月，梅雨季节来了。一连好多天的阴雨，水淹没了那片沼泽地，不能再在那里放牛，我们就把牛赶到远一点的山上去吃草。我不会赶牛，就牵着牛绳在牛前走。但虎子他们可能耐了。把牛绳绕到牛角上，拿一根细竹丝跟在后面赶就行。虎子还能双手扶住牛角，一只脚踏上牛角，再用手抓住牛背上的鬃毛，牛听话地一扬头，他就噌地骑上牛背。我牵着牛绳，没滋味地看着牛啃草，牛走一步，我就机械地退一步。累了的时候，抬眼看到虎子悠闲地骑在牛背上，有时还看到他瞌睡着，我羡慕极了。

有一次，虎子骑在牛背上，下山坡的时候，牛磕碰了一下，虎子从牛背上摔下来，跌进山坳里，一根树杈戳进他的左边腋窝。他爬起来，拽出了树杈的尖头。我吓坏了。他说：没流血，也不怎么疼，不要紧。以后的几天，我们依旧放牛。虎子依旧骑在牛背上，大家都忘了他曾经摔下过牛背。

有一天晚上，三叔紧张地来找父亲借钱，说虎子发烧，很厉害，都说胡话了。赤脚医生不给打针，叫送城里的医院。父亲一边拿钱给三叔，一边说："虎子这孩子怎么一病就这样厉害呢？"虎子被连夜送进城里的医院。第二天，我刚放学回家，就看见三叔和虎子从医院回来了，但虎子是被一张草席裹着抬回的。

虎子被埋在他母亲的坟边。后来，我放牛的时候，能看到他矮矮的坟，没有墓碑，只有坟头的草黄了又青。

那些狗儿

> 不过是狗一般的命罢了。
> ——题记

小灰子

小灰子是一只狗，生活在隔壁的陈部长家。

陈部长是援朝军人退伍回乡，做了公社的武装部长。因为得了结核病，提前退下来。他的儿子初中毕业，顶职去了当时最红火的单位——食品站。那个年代，粮、油、肉、面靠供应，我们家一年里也吃不了几回肉。买一回肉，都是父亲起大清早去食品站排队。

小灰子却幸运，它天天都有肉骨头啃。有一回，陈部长从碗里拣了一块大肥肉，丢在小灰子的面前，小灰子没有半点迟疑，一口吞下去。我远远地经过他们的门前，咽了一口口水，听见胸腔里空洞地一声响。那一刻，我稍稍觉得有点窒息。吃晚饭的时候，我对母亲说："妈妈，小灰子又吃大肥肉了。"母亲不作声，目光黯淡很多。

也就那么几年，供销社、食品站，这些在乡下让人眼馋的单位，说不行就不行了。倒是大街上，悄然兴起许多小商店、猪肉案。

因为兄弟姐妹多，且一个一个念书，我们家依旧拮据，依旧难得吃上几回肉。但也大了，懂事很多。努力读书，不敢、也不会轻易流露对吃喝的贪婪。

有一年，母亲春上养的一群鸡仔，到了端午时节，个个斤半左右了，红冠挺挺。母亲喂鸡的时候嘀咕："怎么这么多公鸡呢？"父亲说："公鸡好啊，宰了吃吧。"母亲也就不迟疑，一到星期天就宰一个，焖一锅仔鸡山粉圆子。妹妹那时五六岁的光景，两条鸡腿归了她。我们估计能分到两块好鸡肉，爸爸、妈妈大概只能啃鸡头、鸡脚吧。我印象里那山粉圆子也很好吃，并不曾惦记妹妹碗里的鸡腿。

有一天，我们正吃着这些，扔到地上的骨头，被从门外进来的一只狗叼走了。我一瞧，居然是小灰子。似乎不曾见过小灰子来过我们家，而且它居然蹓到我们家来寻一块鸡骨头。我略一愣神，可没错，就是小灰子。进而，我发现陈部长的儿子已经从倒闭的食品站下岗回家，陈部长的病也愈发严重。后来，陈部长就去世了。他的儿子外出打工，家里剩下婆婆、媳妇领着两个孩子，种着几亩田。

我不大记得小灰子是什么时候不见了。有人说，狗大概可以活十年。小灰子许是长到十岁，死了吧。我不曾问过。

多年之后，跟父母闲聊。说陈部长，说他的儿子，还提到他家的小灰子。我问："小灰子后来怎么不见了啊？"父亲说："那年冬天，凤枝生病，他们宰了小灰子。冬天的狗肉，大补嘛。"

凤枝是陈部长的媳妇。

溜溜

  溜溜是我们家养的一只狗。确切地说，溜溜是我们家收养的一只狗。
  那时，村子里几乎家家都养猫，因为老鼠猖獗嘛。那些猫经常互相串门儿，当然也互相抢食。母亲一见到别人家的猫来抢食，就拎起大扫帚赶，把它们赶得远远地才罢休。家里的那只大花猫，似乎不太领会母亲对它的格外照顾。它长得白白胖胖，毛色油光，可我没见过它逮过什么老鼠。偶尔，听见它在暗夜里喵呜几声。母亲说，它只要喵呜几声，老鼠就会怕得不敢出来偷食。我不太相信。每年夏收前，父亲打扫仓房，总会扫出一堆一堆的稻谷壳。那都是老鼠们的"功劳"。
  日日年年，老鼠们猖狂依旧，那只大花猫也一直过着养尊处优的生活。它不捉老鼠可以，但它要是跟别的什么猫好上了，也只能偷偷地、躲到外面的某个角落里亲近。其实，我一直不太明白，都是猫，为什么母亲对别人家的猫没好感？多几只猫在家活动，老鼠们岂不更害怕？想不明白的时候，我认为，母亲大概是嫌别人家的猫邋遢，带来虱子、跳蚤之类的吧。
  冬天的一个早晨，我去牛栏里牵牛出来喝水。一只小狗蜷缩在牛栏边的草垛旁。它似乎病了，也像是饿极了。我用脚踢踢它，它居然没什么反应。我以为它是死了，就没再理会。
  中午放学回家，看见墙角多了一只纸箱子，里面铺了稻草，早晨见的那只小狗居然卧在那里。显然，它被收拾过一番。我蹲下来看它，它还晃了晃脑袋，挺神气的样子。
  我问母亲："那只小狗不知是从哪里来的，妈妈怎么把它弄回家了？"我心里想，都是畜牲嘛，母亲见不得别人家的猫，怎么肯收留一只来路不明的狗呢？
  "你们以前不是说要养一只狗，这只狗饿得快不行了，就养着吧。"

"可它并不比陈叔叔家的任何一只小狗可爱。我上回说抱养一只,您都没答应?"

母亲淡淡一笑,收拾着碗筷:"狗是通人性的,你对它好,它都明白的。"

我到底还是对那只小狗不太亲近。只是,它在母亲的照顾下,渐渐恢复了体力,也越发长得毛色顺溜,乖巧可爱很多。姐姐和弟弟都喜欢它,放学了,都爱逗它玩,抱它坐在膝上,摸摸它的背,拎拎它的耳朵。姐姐说:"我们就叫它溜溜吧。"弟弟接口道:"溜溜这个名字好。"姐姐还说:"有一首歌,歌名就叫《溜溜的她》。"我确定弟弟对"溜溜"这个名字说不出好在哪里,但姐姐既然这么说了,自是有她的道理。我因为那点隔膜,懒得深究。自此,大家就溜溜、溜溜地叫。

"溜溜,去把我的鞋子拿来。"

"溜溜,去把那只猫赶走。"

"溜溜,去菜地看看有没有黄鼠狼?"

溜溜在这些吩咐里,从来没有半点迟疑。我于是也相信,狗原是比猫通人性。至少,它比那只大花猫明晓事理。

溜溜在我们家生活了好些年。这些年里,我和姐姐中学毕业,工作了。我们家像全国无数个家庭那样,日子一天天好起来。

有天早晨起床后,母亲说:"溜溜不见了。"

"它能去哪里?"

"它不是去了哪里,大概是被人套走了。昨晚是听见外面有杂乱的声音,只是没太在意。"母亲叹息着走开。

溜溜真的是再也没回来。事实上,在溜溜失踪的前后,村子里还有几只狗也莫名地失踪了。

很多个夜晚,与父母灯下闲谈。母亲总是不断唠叨溜溜的好。在那些唠叨里,有一句话反复被提起:"猫来穷,狗来富。"

欢欢

"非典"之后的几年里，校园的垃圾堆旁总有几只觅食的野狗。春天过后，又多了几只小狗。那些小狗自然也无家无主，它们是那些野狗妈妈，在某一个春情萌动的夜晚留下的后代。野狗妈妈的食物尚且无着，当然也给不了小狗们食物。那些小狗在垃圾堆旁出生，一生下来就只能自生自灭。

欢欢就是一窝小狗中的一只。大家去倒生活垃圾的时候，都留些食物给那些小狗，但没有谁特别在意过那些小狗的生死。没多久，一窝小狗中，只有欢欢活下来。盛师娘在校园里开小食堂，盛老师常把剩饭剩菜倒给小狗吃。他们的外孙七八岁，一个胖乎乎、可爱的小男孩。他跟小狗亲近，他叫它欢欢。一天天地叫来叫去，在我们这个校园里，欢欢就成了一条名狗。小男孩一叫："欢欢，欢欢。"欢欢就一蹦一跳地来到小男孩的身边，在他身边蹭来蹭去。

几个月后，欢欢长得健壮结实了。它认得校园里的每一个大人小孩。白天，校园里人多，它安安静静地躺在某个角落睡觉，不乱窜，不狂吠。晚上，校园里的任何一个人晚归，它一律去校门口迎着，送到楼梯口方离开，依旧乖巧安静着，随便找个地方去睡。儿子也说，现在可好了，晚上去厕所再也不怕了，欢欢会一直蹲在那里陪着。偶尔的某个夜晚听到狗叫，那一定是陌生人进校园了，欢欢就叫，直叫到那个人走进谁家的门，方才歇。

冬天来临，在垃圾堆旁转悠的那几只野狗不见了。同事说，那些狗被人套走了。套走了的意思，就是被人宰了。但欢欢依旧活跃在大家的眼皮子底下。谁也不曾留意过，它究竟是怎么逃过那些套狗的绳索。大家猜测，欢欢晚上一定是不出校门的，套狗的人大概也不好进校园来。

盛老师坚信，欢欢命大。我于是也信，是命大。要不，一窝小狗中为何就欢欢得以存活下来。

这一年的冬天，我换房子了。从原先一栋楼的三楼，搬到另一栋楼的一楼。冬天的阳光，暖和舒适。我日日贪念小院里的阳光，人变得慵懒，安静。下了课，就靠在椅子里晒太阳。欢欢每每大摇大摆地走进院子里来，在我身边转悠一圈，然后在我脚边躺下。我偶尔抬起脚，给它挠挠痒。它就抻起腿，一副惬意、满足的样子。我们如此这般，度过很多个暖洋洋的午后。

这一天已经放寒假，学生们走了，校园里安静很多。阳光依旧很好。我仍在院子里晒太阳，读一本厚厚的小说。起先，我没太在意什么，后来注意到欢欢进了院子，也躺在我脚边。但这天它似乎玩性大，没躺多久就溜出去，可一会儿又进来。如此三番，我就注意了。它每次进院子里来，就有一只大黄狗站在院子门口。大黄狗站在那里，似乎不敢进来，只痴痴地看着欢欢。我细瞧，就瞧出些趣味来。大黄狗向欢欢示好，但欢欢懒得搭理。大黄狗等得不耐烦，就走开，欢欢也出去溜达。但大黄狗在外面看见它了，就又跟在它后面，它则继续躲回院子里。我后来进屋做饭了，一扭头，居然看见欢欢蹲坐在厨房门口。院子门口，大黄狗无可奈何地站在那里。

年后的一天，我们从老家回到学校。才开了院子的门，欢欢就进来了。我无意中看见它的屁股后面滴着血，有几滴滴在院子的地上。我晕血，不禁一阵恶心。

乡村影像

许多时候，我惊慌于记忆的丧失。因为岁月流逝带走的痕迹，还因为药物对身体的侵蚀。我每每为这样的丧失且无能为力，感到万分沮丧。因此，我从不放过那些有幸在脑海里一闪而过的影像。

猫耳刺记

是早前的雪天，踩着厚厚的积雪行走的时刻，忍不住心底的欢喜，不时弯腰捏一个雪球，手心里玩，任冰冷的雪一点点带走身体里的温度，直到手指冻得麻木。人是没有被冻得怎么样，只是那手倒是没经过磨炼的"娇气"。天气慢慢转暖，手指却裂着深深的伤口，有血渗出，钻心的疼痛。每次洗手后，抹厚厚的护手霜，再拿创可贴贴上，两天后伤口能愈合，可一接触凉水，它会再次裂开。如此反复，经月不愈。

回到母亲那里，不免要帮母亲做点事情。水池边来来去去，手指又裂出伤口了。餐桌边歇息，口里禁不住发出嘶嘶声。母亲问："你哪里不舒服？"伸出裂着伤口的手指给母亲看，眼泪都差点落下来。母亲转身从房里拿出一小团黑乎乎的东西，说："这是猫耳刺油，还是你外公熬的。他年轻的时候，冬天手指冻伤了，就拿这个涂。后来，他老了，不做事情，手指也不裂了，就给了我。先前是很大一块，现在只剩这一点了。"母亲拿打火机就着猫耳刺油烘烤，软化后压在我手指的伤口上。一点融化的猫耳刺油覆盖着伤口，轻微的烫，但即刻间，伤口的疼痛感就消失了。让冷却的油滴仍覆盖着伤口，拿创可贴缠上，一夜过来，伤口就完全愈合了。此后，只要不是长时间地接触冷水，伤口不会再裂开。

冷天冰地里，搓着双手取暖的时候，看着手指上那隐约的痕迹，想着猫耳刺的好。找厚厚的围巾裹上，出门去，村庄的外面是一块长满猫耳刺的山坡。这个冬天，它们长得好吧。

还是最初的样子，簇拥的一丛，大半人高，似乎几十年来就不曾长高过。也许不仅仅是几十年，就是上百年也未可知。在村庄还未有人家之前，也许它就在了。因为它本就是野生灌木，似乎也难以与名木共存。它在的地方，多荒凉贫瘠。就是同属于灌木，它也是长得卓尔不群，独具个性。墨绿的叶片，四方形的叶面，四角翘起尖刺，活像支楞着的猫耳朵（这大概就是"猫耳刺"这个俗称的由来。也或者是"猫儿刺"，因为那些流浪的猫儿常常爱躲藏其中，不至于被野狗们欺负。狭窄的空隙正适宜猫儿进出，狗儿则无可奈何。），一副凛然不可侵犯的姿态。

《辞海》上记录："《诗经·小雅·南山有台》：'南山有枸。''枸'，即枸骨，亦称'鸟不宿''猫儿刺'。冬青科。常绿灌木或小乔木。叶梗革质，长椭圆状四方形，有三或四个硬刺齿。叶入药，称'功劳叶'。性平，味微苦甘，功能补阴，清虚热。主治虚劳发热咳嗽，腰膝酸痛等症。"

我的外公熬猫耳刺汁制成蜡油，治手足龟裂大概算是创举。不知道还有没有其他人知道这方法，是为记。

春后楝花

　　细雨如诗的春夜，翻一本曹文轩的书。书中写道：此时，已是初夏天气，楝树上开出一片淡蓝如烟的小花。

　　曹先生的文字始终是弥漫着诗意的，只一句"淡蓝如烟"，就足以在心底的那张白纸上，晕染出浓淡相宜的一笔，或雾岚、或村庄、或远山。我庆幸这颗心在岁月的流逝里不曾染红着绿，即使揉皱，它仍可以在这样清明的夜晚，因为一个优美的句子，优柔地抻开来，回到我的那些初夏，和一棵开满花儿的楝树在一起。

　　儿时，门前有一棵楝树。它长在一个小水凼的边上，母亲从圈里放出老母猪，它会在水凼里打滚，接着在楝树上蹭蹭痒。蹭来蹭去，楝树的树干上就生生被蹭去一层树皮，露出苍白的一块疤，甚是丑陋。此外，楝树还是瘦弱的，稀疏的枝丫，耷拉着稀疏的叶子，也是缺乏水分的憔悴模样。它比不上椿树的高大秀挺；比不上泡桐树的枝丫横生；即使是枫杨树，也比它挺直，叶繁枝茂。

　　但我却是喜爱楝树的，因为它的花。"处处社时茅屋雨，年年春后楝花风。"春已去，楝花开。初夏的风是带着暖意的，楝树的叶子虽不见鲜艳的润泽，但稀疏的枝叶间，细如米粒的淡蓝色花朵开了满树，气息幽微恬淡。现在想来，开满花儿的楝树，像极了一位不善言辞的姑娘，着小碎花的衣裙，迈轻盈的步子走过你的身边。即使背影已渺，气韵依然袅袅不息。你或许也会喜爱泡桐花它硕大无比的花朵，妖冶的深紫色充满浓浓的魅惑。但一阵风雨后，那些花瓣凋零满地，犹如人前不善掩饰情绪的邋遢妇人，是有几分可憎的。楝树花儿凋零，细小的花瓣碎碎地散落。那点忧郁的淡蓝色暗淡了些，却多了些收敛的平和。

　　楝树花落，枝叶间也就悄悄缀满小小的青果。细细长长的柄，圆溜溜的小果，小朋友们都爱摘它，拿在手里玩。一根小竹签的尖头上扎一枚楝树果，放在弹弓上瞄准目标射出，足可以击碎人家的窗户玻璃。但这样的淘气，大人们是厌恶的，小朋友们多半是不玩的。他们会确定一个目标，比如一只树上的鸟窝，或是高枝上一只够不着的桃，就看谁的技艺好了。

我们的童年，因为一棵楝树，是添了几分美好的。这个细雨飘零的春夜，读书，或者写一些文字。其实，我最想做的事情还是和你掌心相握，站在一棵楝树下，等待它的花开。

蓼蓝，蓼蓝

这个湿淋淋的雨夜，翻着厚厚的《唐宋词鉴赏辞典》，读易安词的赏析。那些群蚁排衙一般的文字里跳出一个词，《蓼园词选》。《蓼园词选》是清人黄蓼园的一本词论专著。心思在一瞬间游离出去，不为这本词论的本身，却落在那个"蓼"字上。

起身，翻《辞海》，找"蓼"的词条。蓼，蓼蓝，一年生草本植物，茎红紫色，叶子长椭圆形，干时暗黄色，花淡红色，穗状花序，结瘦果，黑褐色。叶子含蓝汁，可作蓝色染料，也叫蓝。

是，这个"蓼"即是记忆里的蓼蓝。母亲称之为"蓝个蓼"或是"蓝根蓼"，我已记不太真切。

父母离开了村庄，暂居弟弟栖身的京城。雨季来临，蓼蓝又蔓延疯长至房前屋后的角角落落了吧。

只要有湿润的泥土，就有蓼蓝的身影。往往是从蓼蓝丛中踏出一条小径来，通往菜园或是田间。小鸡仔们在蓼蓝丛中来来去去，找虫子吃。但大片的蓼蓝丛中，时有贪吃的野猫或是黄鼠狼出没，它们的猎物就是鸡仔。母亲是厌恶蓼蓝的长势的，我也不太喜爱，嫌弃它旁若无人的张扬，糟蹋得居住环境有几分寥落的样子。

有一年，母亲春上养的一窝鸡仔，到了长翅膀的阶段，却连着几天都尸身不见地丢几只。这天，用竹篾围起栅栏圈了鸡仔，不再放它们乱跑。黄昏的时候，终于见得一只肥硕的大黄猫，在蓼蓝丛中，对着鸡仔们瞪着一双贪婪的眼睛。我拿了一根竹竿就势掸了过去，打得它四处逃窜。从此，不见了它的身影，鸡仔们也不再莫名失踪。

初秋时节，蓼蓝渐渐枯萎。母亲在地里的农活做完之后，割一些蓼蓝晒干，晒干的蓼蓝是很好的柴火。在我生活的水乡，准备过冬的柴火和准备粮食一样重要。也只有蓼蓝是随处可见的柴火，因为它长得盛，且牛羊不吃。

有一回，放学回家，远远地看见母亲坐在门前，将晒干的蓼蓝捆成一束束。走近她的身边，看见蓼蓝枯萎的叶片落满她的头发以及周身，乱糟糟的。其时，似并没往心里去。多年以后，我读"自伯之东，首如飞蓬"，总是会想起这一幕。《诗经》里的这首《卫风·伯兮》道是女子色衰爱弛，无心顾念容颜憔悴。其实，天下的母亲都是这样在劳碌里忽视了容颜。

此刻，想起蓼蓝，也想念远在他乡的母亲。明天，我将回去，骑着单车，沿着两旁植满大叶杨的柏油路，回到村庄，那长满蓼蓝的村庄。在这个多雨的季节，看蓼蓝朝天举着麦穗样的花束，俏兮，巧兮。我还将对母亲说：成片成片的蓼蓝真好看。

夏天的笔记二题

双抢

要给我少年时期的夏天写一段笔记,"双抢"无疑是出现频率最高的一个词。

在我生活的江南,收早稻、插晚稻的农忙季节,俗称"双抢",意即"抢收早稻,抢种晚稻"。每年的七月中下旬至立秋,是双抢季节,时间的跨度近一个月。

每天清晨,天才蒙蒙亮,就要被母亲从床上拖起来。的确是要被拖,否则怎么也睁不开惺忪的双眼。要知道,这样被打碎梦境的时间可能是凌晨的四五点。上半夜的炎热、蚊虫的纷扰,常常是折腾到这个时候,方才疲倦地睡熟。但即使再困,也还是会揉着睡眼,趿拉着拖鞋,舀一盆凉水洗脸,驱赶睡意。在一点微光里,走向田间,赶在天阳出来之前,一家人割完一块田的稻。也许你会说,露水没干,割稻不适宜。但这是盛夏酷暑，你若不想太阳地里，割一把稻，流半盆汗水，就只能趁着清晨的凉爽赶紧做完这些。至于稻铺子上露水的湿，留给太阳去晒。

吃过早饭，若那一天活儿不多，就可以睡一个满意的觉，直到午饭时间。但多半的时候，是没有这么惬意的。阳光很强烈，紫外线会晒得皮肤发红发紫，一层一层掉皮。但还是要戴上草帽，穿上长袖衬衫，去秧田拔秧。三十多度的气温，待在哪里都汗流浃背。水田里拔秧，头戴草帽，脚踩在水里，逢着好机会，可能有一丝丝的南风拂面，比弯腰勾背地割稻，还被稻子挡了风，透不过来气强。

午后高温，系在老柳树下的水牛，哪怕浸在水里也还是不停地张大嘴巴喘气，谁也不敢这个时候出去做什么。

等到阳光弱下来的三四点时分，去插秧。插秧也只能选择这个时候。早晨插秧，人是不会热。但刚栽下的秧苗，经过一天高温的曝晒，加上水田里热水的一煮，秧苗会换叶，差不多要一个星期才能恢复元气。而下午栽下去的秧，阳光不强了，水温也低一些，更重要的是经过一夜露水的滋润，第二天就活过来了，即使第二天阳光强烈也不会被晒蔫。为了赶时间栽完一块田的秧苗，累到月上柳梢，并不鲜见。腰酸背疼地走在回家的田间小路上，常常因为长时间地低头，这会儿起身走路，脑部因为突然供血不足而致耳鸣，步子也是迈得深一脚、浅一脚，似乎从没有一份心思去仰头赏月。

回到家，洗完澡，胡乱地扒下一碗饭，只想好好地躺下休息。因为蚊子，因为炎热，拿一把蒲扇有一下、没一下地扇着，不知不觉中迷糊过去。

明天，是又一个这样的日子。明年，也还是这样的一个双抢季节。

跟季节抢时间，跟太阳抢时间。庄稼要抢时间，挣得一个好收成；人要抢时间，挣得半点轻松。抢得合理，有序，方才忙而不乱，累而不伤。

抢雨

跟夏天联系在一起的，还有一个词也是那么的生动，这就是"抢雨"。

一整个上午，天空碧蓝，阳光炽烈，晒一稻床的稻。这些稻子是赶早脱粒出来的，就瞅着这艳阳好好晒它个透干。哪怕阳光再强烈，也还是要不停地翻动。

到了午饭时间，人也晒得晕了，趁着吃饭的时间，偷个空儿休息一会。却总是要竖起耳朵，时刻警觉着，听听有没有闷雷，雷声有多远。经验足的老人是能从雷声的远近里判断出到底有没有暴雨来临的。"六月天，孩儿脸，说变就变。"午后暴雨，是很寻常的。即使经验足，也还是抵不过天的变化。

往往是午饭前，天空中还只是飘浮着几片薄云，但转眼，云层不断堆积，并迅速向上凸起，愈来愈高，形成一座座云山，云山仍不断升高。等你意识到天色稍暗，奔出房来察看天势，云底已经变黑，云峰也已经模糊。瞬间，云山崩塌。紧接着，就会雷声阵阵，电光闪闪，暴雨哗哗了。

不要再耐着性子看云的变化了，赶紧抢雨去吧。

一时间，稻床上人影错杂，尘土飞扬。摊在稻床上的、金黄的稻粒啊，颗颗都是你的汗水换来的，到手的收成了。但雨体会不到你的辛苦，感受不到你的心疼。它说来就来，水流如注。跟雨抢时间，抢得不及时，雨水淌过稻床，稻子随水而去，粘在泥土里，流入水沟里。遇着这样的境况，一亩田的收成怎么着也打八折了。所以，这样的抢雨，没有人会袖手旁观。拉掀板的，舞扫帚的，用簸箕装的，用稻箩挑的，跑动的，呼喊的。上到八十岁的小脚奶奶，下到两三岁的蹒跚孩童，人人动手，人人出力。总是一番忙乱之后，能装的装起来了，能盖的盖上雨布了。刚刚还金光闪闪的稻床上，顷刻间，清爽如镜。

雨点落下了，起先是噼啪几滴，溅起尘土，在稻床干净的脸上画上几颗斑点。抢雨的人总是要再扭一扭头，瞧瞧黑云滚滚的天，慢慢舒展了容颜，露出不易觉察的一抹微笑。"啊！好险哪。"长舒一口气，并不急着进门，就躲在屋檐下，看暴雨如注，扯天牵地。暴雨还夹着狂风，刚才流出的汗水来不及擦，就让这风吹干了。

经历过这样的几次抢雨，你一辈子也不想有暴雨中浪漫的独行。因为，它总会触动你疼痛的神经，一想起来，就会心跳加速，腿脚抽筋。

悠悠年事

　　幼年时光，最快乐的，莫过于年了。
　　"大人望插田，小孩望过年。"这句谚语里，包含了"年"在孩子们心中的分量。那些与年有关的往事，点点滴滴都是温馨。
　　　　　　　　　　　　　　　　　　　——题记

打米面

　　一进腊月，就嗅得到年的气息。
　　收音机里的天气预报说，明天是一个晴朗的天气，有霜冻。"霜后暖"，这样的天气是绝佳的了。母亲在晚饭后发话："把米面磨出来，明早打米面。"这要磨的米面，是前几天洗净米，再用清水浸泡几天，磨成面糊，以备用。
　　第二天，起一个大早。天色微明，呵气成霜。锅洞里，架着木柴段，生起熊熊的火。母亲在一只铁盒（打米面的工具。铝铁制成，一尺见方，半寸高的边沿。一般是两只，交替使用。）里，抹一点香油，再舀上一勺搅匀的面糊，拿在手里四下晃一晃，面糊就在铁盒里摊匀。掀开锅盖，锅里热水沸腾，把摊了米糊的铁盒下锅蒸。三五分钟后，面糊就成了一张面皮。起锅，拿一根筷子四围一划拉，揭起面皮（先前，铁盒里抹上香油，就为了揭面皮的时候不粘连。），放在我早已伸过去的一张米筛上。面皮一半摊在米筛里，一半挂在米筛外。我端走米筛，把面皮挂在竹篙上晾。晾至稍干，取下来叠放在一起。等到太阳出来，母亲也蒸完了面，坐在阳光下，把一张张面皮卷成圈，切成面，晒干。这晒干的米面，好吃，有韧劲，香味也足，算是奢侈品。

让我感到快乐的时光，其实就是帮母亲晾面皮。跺着冻得麻木的脚，跑来跑去。有时，蹭到锅洞口，把脚放在那里烤一会儿。但心里还是快乐，因为，刚起锅的面皮，洒上糖，卷成圈儿，趁热吃，味道也绝佳。吃饱了，跑跑腿当然不在话下。

杀年猪

有一句话说：有钱没钱，回家过年。这句话还有一个版本是：有钱没钱，杀猪过年。

农家，再穷还是会养鸡、鸭、猪。鸡都是母鸡，鸭也是母鸭。鸡鸭吃掉粮食，但是会下蛋。寻常时光，待客的佳肴无外乎三只鸡蛋、一碗面条。舍不得吃的，存下来的鸡蛋、鸭蛋，可以换几毛钱，买些盐或者火柴什么的。过年了，养的鸡鸭里必有一只长得肥美硕大、红冠挺挺的大公鸡要被杀了。公鸡长到这光景，其实肉已不再鲜嫩。杀了它，是用来祭祀的。指望来年，上天和祖先保佑一家老小健健康康，六畜兴旺。同样要被宰杀的，还有猪。谁家有年猪可杀，羡煞一村庄的人：他家今年过一个饱年。

饱不饱年，无人知道。只是，杀年猪，是年关里一件盛大的事。

提前一天，杀猪佬会派人来村庄通知：明天来村子里杀猪。从村头第一家开始。往往那第一户的人家，主人天不亮就架起马柴火，烧两大锅的热水。有时，水开了，杀猪佬还没到，小火舔着锅底，时不时再加一点冷水，慢慢熬。等到杀猪佬一到，猪圈里逮了肥猪，摁到泡猪桶的案板上，一把尖刀进喉，猪连哼也没来得及哼一声，鲜红的猪血流进盆子里。一刀封喉，这年猪杀得干净利落。主人家高兴，杀猪佬面上也格外好看。

杀完猪，主人家要拣上好的里脊肉，下面条给杀猪佬吃。再把猪血、猪肝等一些什么的，做成菜肴，请邻里本家来吃饭，谓之"猪血酒"。吃饭前，还要把猪头、猪脚、猪尾巴等，称"全猪"，来祭祀。祭祀的炮竹声，吸引着村庄里的孩子们来观望，顺带捡几根爆竹捻子。也有胆子大的孩子，向杀猪佬讨要猪尿泡的。洗净了，拿一支废弃的圆珠笔筒，吹泡泡。吹足气了，扎紧口，当皮球踢。年带给孩子们的快乐，这也算是一件了。

炸年货

腊月里，准备过年的食物，还有一件事情是炸制年货。

面粉，加水、糖精、发酵粉，和成面，软硬度适中，揉成面团，拿擀面杖擀成一张面饼，再用刀子划成食指宽度的一条条面块，面块再分成筷子粗细的一根根面条，放进油锅里炸成金黄色，捞起来，它的名字就换了，桃酥。它是年中待客的一碟食物，搁在瓜子、花生之间，它多了一层亮丽的色泽，格外引人注目。

糯米饭，加山芋粉、肉末、生姜、蒜泥、盐，搓成一个个饭团。炸制成的圆子，是年后饭桌上火锅里的一道必备菜肴。也有富裕人家，用纯肉末炸制的肉圆子。

豆腐压成较硬的块状，切成拇指宽度、食指长度的块，炸成的食物，也换了名字，生腐。字典里找不着"生腐"这个词，但它在我们的生活里是寻常物。

人是最勤奋的，也是最富予创造力和想象力的。所以，生活才如此新鲜。

炸制年货的事情，小孩子们多半是插不上手的。但，孩子们在厨房与堂屋之间来来去去，拿一些东西，做一些可以做的活儿，嗅着飘散的香油气味，写一会儿作业，翻一会儿闲书，间或听见村庄里偶尔传过来一两声爆竹的声响。那是哪个顽皮的孩子，捡了哪家婚事放的爆竹捻子。闲着没事了，擦一根火柴，点一根，扔老远，啪。又点一根，啪。

年的脚步，就在这样的气息与声响里，近了，更近了。

黄荆条·阳光·豆酱

端午过后的某个星期天，我从牛栏里牵出牛，准备到远一点的山上去放。母亲嘱咐说："带上镰刀，砍一捆黄荆条带回来。"

这黄荆条，喜长在向阳的山坡上。它的枝有很强的韧性。人家上山砍柴，不用另带绳子去捆，只需砍几根黄荆条，三五下一扭，一捆柴就被捆得结结实实了。它还有药用价值，我见过爷爷将黄荆条的叶捣烂了，给人治虫、蛇咬伤。也有人家砍黄荆条晒干了，烧火驱蚊。

但母亲让我砍一捆黄荆条，并非为了它的药用，也绝非为了晒干驱蚊，而是另作他图。

在江南，时令快入梅了。黄梅天里，家家户户必有一件事情是要做的，做酱。

拿出去年精心挑选的上好黄豆，用水泡制几个时辰，再放到锅里加水煮烂。煮烂的黄豆，加新鲜小麦粉，揉成面团，一块一块摊在簸箕里，晾凉，铺上一层黄荆条。搁上十天半个月，等到阴雨天过去了，出梅了，揭去黄荆条，簸箕里的那些面团都已经干成面疙瘩，而且长了厚厚密密的一层毛。那些毛有些是黄色的，或是白色的，也有长黑毛的。我们知道，这其实就是霉变了。

书上说，霉变的东西不能吃。但做酱却必须有这样一个霉变的过程。霉上得好不好，决定了酱的好坏。那些黄色的毛就算是好的，白色的略差一些，最差的是黑毛。黑毛多了，酱的口感就不鲜，还微苦。盖上黄荆条，就是使这霉变的过程更好一些。黄荆条盖得不能太疏，也不能太严实。也有人说，偷懒的人家不拿黄荆条盖，就生不出黄色的毛来。我不太清楚，大约是那样吧，否则大家怎么一代一代传下来都这样做呢。到底不敢轻易尝试，坏掉辛辛苦苦劳作出的粮食，以及一年里吃饭的好心情。可不是嘛，若真是制出一钵子不鲜、还微苦的酱，舍不得浪费丢弃，就得天天对付着。煮鱼，鱼苦；烧肉，肉苦。偶尔饭菜不佳，原指望就一勺辣椒酱扒拉半碗饭，它却苦。唉，罢了。这样想着，黄荆条的好，就又多了些许。

掰下那些霉变的面疙瘩，搁在一只敞口的瓦钵里，加入适量的凉开水，适量的盐，就可以抱去太阳底下晒了。晒酱的过程极其漫长，但那是太阳的事情。逢得巧，可能正是夏至，即使不是，也多是在这前后，差不离。太早了，估计霉变的过程不佳。太迟了，晒制的时间不够，自然也不行。

阳光的魔术也是如此神奇。那放在太阳底下的酱钵子，一天一个变化。第一天，它变成了一层褐色。再过几天，就蒙上了一层黑色。拿铲子搅一搅，面疙瘩都不见了，溶化了。每一天的清晨，记得在酱钵里搅一搅。搅匀，是为了一钵子的酱能均匀晒透。母亲还说，晚上搅拌，里面的酱热，外面的酱凉，会使晒好的酱有酸味。看看吧，哪一个细节都有其高妙之处。只要不下雨，尽可以让酱钵始终暴露在阳光下，或是夜晚的露水里，都无妨。进多了雨水，才难办。一则难晒透，二则那是生水，影响酱的品质。这样，一直晒到阳光的炽烈渐趋弱下去的白露时分，就可以将酱钵子抱回来了。酱则装进小口的陶罐中，封口储存，一年里都鲜美异常，绝无变质的可能。

这制酱的过程也略有变通的。如加入黄豆，晒出来的就是黄豆酱；加入蚕豆，就是蚕豆酱。还有，在酱钵里放一些大块的生姜，或是蒜瓣的。一则，生姜或是蒜瓣可以直接取出吃，二则可以增添酱的香味。

母亲老了，好多年都没晒过酱了。我们的乡村，在各种各样的变化里，也渐渐失去了它本来的面目。不仅仅是晒酱这一技术活的丧失，许多场景都在悄然远离我们。

白露又去，秋风正凉。在越来越深的凉意里，还有一份渐渐凉下去的心情。还能如何呢？或者，等待来年，静心制作一钵子豆酱，无须添加任何莫名的物质，只把它交给太阳。

甜酒香

央视科教频道有档节目,《中国汉字听写大会》。这天晚上,台上的小选手遇到一个词:"醪糟。"主持人解释:经糯米发酵而成的一种食物。可爱的小选手琢磨半天,最终不确定,胡乱写了个词下去。

醪糟,其实就是我们常说的"甜米酒",是经糯米发酵而成的一种风味小吃。

糯米稻的生长周期比一般的稻子要稍长一些,生长过程中,易遭虫害,管理难度也高一些,而产量也稍低一些。在农家,一般不会大规模种植糯稻。但糯米黏性极强,含糖量极高,可以用来做很多小吃。因此,每家每户也多多少少会种一点糯稻,以丰富食物。甜米酒,就是糯米小吃的一种。

每至霜降,气温低至零度左右,勤劳的农家人也稍稍闲了一点。取新鲜的糯稻碾成米,清水淘净,再泡一两个小时,装入饭甑蒸制成糯米饭。

现在,也有人制作的量少,就用电饭煲煮饭的。但电饭煲煮的饭,水太少,易煮成夹生饭。水太多,饭烂了些,用来做甜米酒就差了。

煮熟的糯米饭，倒入簸箕中晾凉，一般在二三十度左右，能下手为宜。取甜酒曲适量碾成粉末，均匀地撒入米饭中。再取先前准备的凉开水适量，倒入米饭中，拌匀。取干净的敞口大钵，将拌匀的米饭倒入钵内，压实，拿抹净的秤杆在米饭的中央插一个小孔。再将刚才剩下的甜酒曲粉末再加少许白开水，淋一点在米饭的表面。钵上加盖，钵子外面再用小被褥包裹，搁在闲置的床上或是草窝里均可。

三天后，打开盖子，酒香四溢，甜米酒就已经成了。

甜米酒，虽经发酵，但所含乙醇极低。可不加热，直接食用。细腻醇香，润滑甜腻，还不容易醉。

也可加热。取甜米酒适量，煮沸，装碗食用。也有加切片的年糕、小汤圆、或是鸡蛋，风味也不错。甜度若不够，可加点糖。

煮热的甜米酒，较之冷食的甜米酒，人食之易脸红身热，血液循环加快，像饮酒的样子。也有不善饮酒的人，说吃甜米酒也醉的。老人家还私下传授经验，说刚生完孩子的女人乳汁不通，可吃甜米酒催乳。

婆婆是制作甜米酒的好手。每年回去过春节，腊月二十八的晚上，婆婆必做的一项功课就是蒸饭做甜米酒。

大年初一早晨，睡梦中就嗅到厨房里飘来的甜酒香。一碗热气腾腾的甜米酒，外加"大元宝"（年初一卧在碗里的煮鸡蛋不叫鸡蛋了，叫"元宝"），新年第一天的早餐，吃得饱，也吃得热乎。

婆婆说，做甜米酒，手、一切的器具均要洗净擦干，不能沾上生水。否则，做出来的甜米酒味道就不正了。我以为，这大概是不洁的器物或生水中带有其他的微生物，导致甜米酒发酵的过程有了变化，故味不正。

婆婆每次做甜米酒的时候，我也会在一旁看看，或是搭搭手。但我从不敢轻易动所用的器具，或是想动手学。我觉得那个过程，像仪式，庄严肃穆，并不是我轻易可碰的。

乡村生活的很多情节都类似仪式，缓慢、慎重，一代又一代，庄重严肃地传递下来。

毽子乐

穿越剧《宫锁心玉》里，有一段戏，晴川与八阿哥在御花园的亭子里踢毽子。镜头很夸张，不过是做戏吧。穿越剧嘛，本身就无厘头。踢毽子这么俗世的运动，不太可能会在戒备森严的皇宫禁地内出现。何况还是宫女阿哥们在玩，太不成体统了吧。但我还是喜欢写剧本的人能加入这么个情节，大概也是对踢毽子这项活动，怀有别样的情怀吧。这么想着，我允许他（她）这么无厘头了。

踢毽子，是中国民间的体育活动之一。据说，有两千多年的历史了。

小时候，我们玩跳绳、"搭花轿"（两个人，一只手握着另一只手的手腕，交叉着用空出来的一只手握着另外一个人的手腕，彼此叠成一个十字。让很小的弟弟妹妹坐在上面，就是给他"搭花轿"了。），当然，玩得最多的还数踢毽子。因为，方便易行。没有场地的要求，一小块空地即可。没有人数的要求，自己一个人也能玩。当然，小孩子要玩，图的是个"乐"字，得人多才有趣。比一比踢的技巧，踢的次数多少，分出个高低，满足一下好胜的心理。

踢毽子，先得自己做毽子。二十世纪七八十年代，牙膏管子都是铝制的。剪下下半截的铝皮，留下上面牙膏管子的头。用铁锤锤平底面，再找来一个酒瓶盖（形状就是现在的啤酒瓶盖。现在，只有廉价的啤酒瓶还用这种盖子，像酱油瓶、醋瓶、白酒瓶都不使用了。那个时候，这种盖子随处可见。），为了增加毽子的重量（这点很重要，毽子沉，便于踢。轻了，踢得飘忽。），在盖子里加一枚铜钱，或是铁片。以铜钱最妙，因为大小正合适，且不用费力加工。把盖子与牙膏头贴在一起，用锤子锤结实，一只毽子差不多就完工了。剩下的，是在母亲杀公鸡（只有公鸡的毛才可以，母鸡的毛太短。）的时候，央求她留下几根漂亮的毛，用来插在牙膏管子的嘴里。这是羽毛毽。毽子应该还有其他的制作方式，但这样的毽子是我们都能做的，也是最常见的。也见过做得粗糙的毽子，拿撕碎的纸片代替羽毛，很不好看，也不好踢。大家一起来踢毽子，拿出一个自己亲手做的漂亮毽子，引来大家的一阵羡慕，也是踢毽子的一乐。

毽子做得漂亮，当然比不上踢得漂亮。

隔壁的梅子姑姑，是踢毽子的高手。一只小小的毽子，能在她的脚下踢出多种花样。用脚的内拐踢，用脚的外拐踢，脚背踢，脚跟踢，两只脚交替着踢。梅子姑姑扎两根长长的麻花辫。她踢毽子的时候，两根辫子在她的胸前或是后背上下摆动，辫尾的红头绳像两只漂亮的蝴蝶在飞舞。一旁数数的人数得倦了，大喊一声："100了。"梅子姑姑一个高踢，再两只脚交叠，其中一只脚的脚尖或脚跟打一个漂亮的"毽花"，身子一跃，伸手捞起毽子，收！她站到一旁微微地喘息，鼻尖儿上渗出细细的汗珠，脸红扑扑的，比现在电视里任何一个擦了厚厚胭脂的女子都好看。

冬天的时候，脚冷。一到下课，大家拿出毽子就在走廊或是教室的门前踢。十分钟过后，玩够了，脚也暖和了，足以撑到下节课。体育课

037

上，老师没有像样的体育器材，也上不出什么花样来。无非跑步，跳远，都是极无趣的。还是三个一丛，五个一伙，踢毽子去。老师乐得在一旁"放羊"，晒太阳。

儿子上中学了，有一天，他拿回一只毽子。我试着踢了几下，中年的骨头，居然还能活动自如，又是一乐。儿子说，我的腿侧不过来。我笑：你当然侧不过来，身体的柔韧性是要练的嘛。

腾讯地图上那个命名徐家庄的地方

> 贵池区牛头山镇万生村有一个小村庄，叫徐家庄。
> 徐家庄，是我的出生地。
>
> ——引子

一

现在，是2019年伊始，旧历2018年岁末，关于新中国成立七十周年的庆祝活动在一些地方的工作安排中已列入计划。我们家的电视机终日开着，先生总是坐在那里看"打鬼子"的电视剧。

"打鬼子"这个词语，不是我的概念，而是出自我们家两个读四年级的双胞侄儿之口，我借用过来的。他们俩出生于京城，自然也在京城接受的文化教育。每年寒暑假，他们跟随我的父母亲、他们的爷爷奶奶回到老家短暂居住。他们像很多这个年龄的男孩子一样，熟知现如今的各种网络小游戏，比如"绝地求生"，但他们也像我年近半百的先生那样，喜欢每一部"抗战神剧",每日花很多时间坐在电视机前看"打鬼子"。

我做了二十多年的语文老师,曾经还兼职初中历史老师多年,课堂上我沿用"八年抗战"这个概念很久,包括现在,我适时对我的学生换用"十四年抗战"这个概念。自然,我比谁都清楚历史本真的面目,以及历史对于一个人成长的终极意义。

始于20世纪30年代的那场民族战争,或者更久远一点的王朝更迭、战乱匪患,成为民族近代史的主题,也成为很多人的国仇家恨,流亡或者重生的根源。

二

这一天,我在老家,有人问我在哪里。我打开微信发定位,定位发送出去一看,略微惊讶,定位上显示:徐家庄。我出生并且长大直至出嫁离开的这个方圆不足两个足球场大小的小村庄,腾讯地图上居然命名为"徐家庄"。

"徐家庄""徐家庄",我口中默默念了好多次,并且在腾讯地图上把"徐家庄"周围的地儿反反复复滚动多遍,确定腾讯地图没有搞错,就是我生活过的地方。在我幼年时期,人们称这里为"徐家墩子",墩子上聚居着我的爷爷奶奶、叔伯、兄弟姐妹、子侄们几十口人。而且我还发现腾讯地图把"徐家墩"这个地名给了附近另一个徐氏族人共居的地方,而给我们这一支徐氏族人的共居之地以姓氏命名的称呼:徐家庄。

但我还是有点奇怪,腾讯地图是以何种参考方式命名这里的。不管是沿用旧有的行政称呼,"徐家庄",或者按旧时称呼"徐家墩子",都远远够不上一个中国最小行政村的级别,甚至历史再往前翻一点,它也不是一个生产队或者村民小组的名字。因为某种原因,徐氏一族几十口人,在某个划分生产队的时期,分属两个生产队。在这两个生产队中,我所知的姓氏颇多,有些姓氏的后人也远远超过我徐氏一族。这样看来,并不是以后人众寡来命名的。若论徐氏后人的影响力,迄今为止也并无朝中学界声名显赫之人,自然也不是因为某个人而如此命名。这样看来,只剩下最后一种,沿用了旧时称呼,为了与临近另一处徐氏族人的共居地区分,一为"徐家庄",一为"徐家墩"。至于腾讯是翻的哪本旧书、询问的是哪位故人获取的这个地名,无从考证。

我写此篇文字,仅为腾讯地图上的这个地名留下一点可供参考的痕迹。

如下文字,多数来自我年已古稀的父亲零零碎碎的回忆。但父亲生于日本鬼子溃败滚回老家去的1945年,所以,他所述内容有一些并非他亲历,大抵来自他念过私塾的父亲、我的爷爷口述,加上他个人后天理解所得。那个时期的历史,无论国、家,战乱、逃亡、饥荒……总是相似的。

三

徐家庄的历史,从曾祖母开始。

大抵是为了躲避战乱,也或者是曾祖父早早过世,孤儿寡母受族人欺负,总之,20世纪30年代是由曾祖母携家带口,离开江北的枞阳,涉江定居于此。说是躲避战乱,是据史推断。说是曾祖母孤儿寡母受族人欺负也绝非臆测,因为只有曾祖母带领子女随众涉江迁居,若是"跑反""逃荒",族中其他人不会仍居江北祖地。

曾祖母带着三子一女过了长江,一路行乞。她的几个孩子虽然年轻,但估计饿到乏力。小脚的曾祖母,想想她的行走,都是困难。"绝地求生"不是现如今我京城里长大的双胞侄儿们玩的游戏,很久以前,我的曾祖母和她的儿女们就在践行着真正意义上的绝地求生。他们在行乞的途中相中了这一处土丘。土丘之外，尚有乱坟岗，阳宅与阴界之地离得近，算不得好去处。但流离之人有落脚之处，有甚于无，谁又能想那么多呢。就像你跟一个捉襟见肘的人讨论华服豪宅一样，找不到话题生根之处，不说也罢。

我的曾祖母指挥她的儿女们在此土丘之上安顿下来，日则荒滩沟渠中捞鱼捉虾、挖藕采菱，夜则栖身窝棚。再后来，筑坝造田，种稻种蔬，孤儿寡母总算一个个活下来。

曾祖母在世时，尚盖了一间很大的带天井的土墙草屋。曾祖母是在这间她亲手盖起来的带天井的房子里由儿女们养老送终的，坟茔就修在老宅西边的土丘坡下。老宅本与乱坟岗离得近，多一座祖坟也算不得什么。

很多年后，父亲从教育岗位上退下来，主持过一次家族里的修坟。六十多岁的老人，亲自挖土担土。在已废弃的老宅地上，父亲挖到两罐铜钱，大量同治通宝及少量"袁大头"。大家猜测是曾祖母在世时存的家私，为的是防"鬼子""流匪"的抢劫。只是，曾祖母费尽心思藏的一点家私，没有给她的子孙们派上什么用场，即使躲过了"鬼子""流匪"的搜寻，却躲不过岁月的流逝，终究是没有什么用头。

钱财这东西，是有时效性的。这点道理，我的曾祖母大概没有弄懂，今天，也还是有很多人没有弄懂，不能不算是一大遗憾。

四

老宅里一直住着曾祖母大儿子、我大爷爷一家五子三女。二爷爷成家后，在老宅东头另盖了两间茅草屋。二爷爷与二奶奶一生没有子嗣。我的爷爷成家后，在老宅正门前的南边盖了间茅草屋。

按我幼年时期有限的观察所得，除了老宅之地是最初的土丘原址，余下二爷爷、爷爷盖房子的地基应该都是后来填土筑墩而成。

"徐家墩子",现在的徐家庄,因为祖奶奶带领徐氏一族定居下来,一个沼泽地中间的高地便有了称呼。一地一村,一川一泽,因人而存,因人而名,几乎是惯例。

筑墩而居,为的是避水患。但实际上,那个年代不仅兵匪猖獗,水患也频繁。徐氏一族,逃生不易,谋生更难。

最近的一次大洪水,是1954年夏,长江沿线多地洪涝灾害严重。长江支流之一的秋浦河下游决堤,江水倒灌,秋浦河与长江连成一片汪洋,圩堤内良田庄稼被毁,草棚茅屋无存,万千居民流离失所。

洪水过境,同样无处可依的有我爷爷的一家老小。身为长子的我父亲,尚且年幼,在这之前就被送去江北他姥姥家,跟和他差不多大的小舅姥爷一同长大,一同享受入学待遇。这次的洪水于他是没有什么印象,等他稍事长大,回到江南的家里,上学的路上,夏天下河摸鱼,冬天黑泥塘里敲开冰碴撅藕,带回家给奶奶做一家人的饭食。

这样又过了几年,洪水的阴影略淡了些,圩内人家的生活状况也好了一点。我爷爷家开始谋划拆掉年年要翻盖的茅草屋盖房子,麻石条立柱、木头穿枋、土砖砌墙、上盖青瓦的三开间大屋在徐家墩子上立起。按奶奶的话来说,方圆十里第一户。奶奶的这句话可信,至少在我记事以来的20世纪80年代初期,我爷爷家的这栋防水患的麻石条立柱的房子都还算十里八乡首屈一指。

五

新中国的日历翻到八十年代,历史这本大书的发展进程就显得快了一点,表现在徐家墩子上的变化上也不慢。

先是我大爷爷家的几个儿子们开枝散叶,墩子下另立门户。然后,我父亲、我二叔叔也各自成家，墩子下起青瓦大厦。

一定有人很奇怪，徐家人怎么不担心水患了，不再筑墩造房子？

1954年大水后，秋浦河下游的万千居民，历时几十年，一担担河泥，筑起如今绵延数十里的秋江大堤。我在《圩里人》一文中，详述过每年的秋冬枯水时期，我的母亲和一众村民们挑泥筑堤的场景。

其时，本地诞生一个独具时代特征的词语——"挑大埂"。"挑大埂"，真是一个石破天惊的词语。你想象不到，几十里的长堤上，堤上堤下，黑压压的人群上下穿梭。霜天冰地里，他们在做着同一件事情，挑大埂。这一挑就是几十年。几十年的光阴，足够一个词语刻上时代的印记，诞生并存活下来。后来，我做老师，与人讨论语言的产生，我不赞同语言诞生于书斋的观点，我认同劳动人民才是语言的缔造者。

相对于挑土筑墩，年年爬起来挑泥筑堤的任务是显得重很多，但万千民众人人争相挑大埂。国泰民安的年代，上层领导的决策有方，下层民众的眼界也显得开阔。挑土筑墩，不过护一室无虞；担泥筑堤，可护千门万户，福荫千秋。

六

半个多世纪过去了，秋浦河再未决堤过，我爷爷当年造的那栋麻石条立柱的大宅尚在。但随着奶奶跟着二叔叔一家去住了墩下高楼，小叔叔一家迁居南京，大宅就空了。我爷爷故去二十多年了。生前，他一定没有料到，他倾平生之力筑就的大宅，没有毁于自然的洪水，却最终要归于时间的洪流。

这就像一个隐喻。

祖奶奶千谋万虑存下的家私没有福及子孙；我爷爷千谋万虑造下的宅子，也没有福及子孙。

不止曾经的徐家墩子，以及现如今的徐家庄，还有许许多多的彭家墩子、丁家庄的过往与现在，都在努力证明这样一条浅显的道理：儿孙自有儿孙福。

我们最大的福分，不过是与岁月握手言和。

第二辑　似水流年

绿的隐喻

　　自然界，色彩无穷。人，是沧海一粟。也如一株草，一朵花。总有一种色彩，是适合自己的。暗合着微妙的心理，或者玄乎的成长环境。于我，应该是绿。

　　少年时期，读戴望舒的诗，以为紫色是适合自己的。想象里，紫色的丁香格外神秘，格外让人动心。但这只是一种自我想象，缺少实践的机会。或许，我以为着一件紫色的外衫足够好看，但境遇让我未必有这样的机会。

　　星期天，母亲带了钱上街，给我和姐姐一人扯了一块布，做新衣衫。姐姐是一块粉色带金丝的格子布，我的是酱紫。酱紫的颜色，并不适合一个十五六岁的女孩子，沉重了些。没得选择，在粉色与酱紫之间，我还是愿意靠近酱紫。十几块钱的一块布，裁缝做成外套，足足穿了三年。最鲜艳的年华里，四季梦幻一般地变化。但，除了把一个自己都未必清楚的明天，坚持到底，我不知道我还可以做什么。

　　后来，去了离家遥远的县城读书。那是一所培养未来老师的学校，有一群才华横溢、个性独特的男孩女孩。我去的时候，高两届的学生里，有几个是幼师班。她们的教室，在我们的隔壁。一下课，清一色水灵灵的女孩子，妖娆多姿。有时候，她们一色的黑色蝙蝠衫；有时，一色的红色上衣，黑色的细腿裤。她们进进出出，都哼着曲调，踩着舞步。自觉，她们才是女孩子的活法。如我，就挺累。

进新学校后，第一回自己买了一件上衣，一件绿色的外套。最好的女同学说，你这么喜欢绿色？我笑笑。哪里能容得我喜不喜欢呢。我喜欢那件粉紫的上衣，但买回那件衣服，我也许一个月吃不上饭。我也喜欢那件纯白的，但它好像更贵。只剩这件绿色的了，看着结实，耐穿。虽然它配我绿色的毛衣，显得呆板，没新意。

美术课上，我只喜欢画素描，因为没有多余的钱用来买颜料、水彩，哪怕是墨、毛笔。在那个用不着埋头苦读的地方，要让自己过得快乐一些，得有一些爱好。幼师班的女孩子，唱歌、跳舞、弹琴；体师班的男生，一场球赛连着一场球赛。只有我们这些普师班的学生，要特长没特长，书读得再好，日子还是过得漫长。我的一位同学就说：我们将来是要一只脚穿皮鞋，一只脚穿草鞋的。是，这个说法最切实。我们从乡村来，将来还是要回到乡村去。

一个人，清清楚楚地知道来去的方向。不做奢华的梦，没有大起大落的悲凉。如同绿，太普通。无论何时，无论何地，它可能都在。它吸引不了足够的注视，但缺少了，哪里又都不自然。

星期天，脱下身上穿的那件绿色上衣，水池边洗净，晾在阳光里。在那一派色彩斑斓里，它居然有奇特的美。多年以后，我在装修一新的新居里，对着一丛嫩绿逼人的富贵竹，生出的心动也是那般。除了绿，哪里还有比它更养眼的色彩。

生命，本身就是一丛绿。悄无声息地生长，幻灭。年岁渐长，境遇转换。再也无须在小小的爱好间，为着内心的喜爱辗转，挣扎。人，终究还是一枚欲望的果。伸手即触的获得,觉不出半点的兴奋。此前,所有经历的内心体验,统统不值一提。衣橱里,装进四季的纷呈,也就是那般,懒得一看。

　　再后来,是一个偶然也是必然的机会,得以跟随一个医生进入医院的手术室。此前,也在这样的地方进出过两回。但那时是作为病人,躺在手推车上被人送进来。没有机会,人也不清醒,看不出这里与外界的不同,无力去感受那里的氛围。这一回,人是清醒的,在医生的带领下,换上拖鞋,啪嗒啪嗒,一路深入。走近一扇门前,电动的玻璃门无声地在眼前打开,又是一重。一色的绿墙绿壁,绿地板,身着绿色消毒服的医护人员,带着绿色的帽子,绿色的口罩。我,是唯一一个自在走动的、身着鲜亮橘黄上衣的人。在放眼一望的绿色中,这唯一的一抹暖色调的黄,很不协调。曾经,在茫茫雪地里,我以为洁白是最庄严的肃穆。现在,我才发觉,没有比这里的绿,更让人感到生之庄严,与生之可贵。不出声笑,不高声语;不疾不徐,不怨不悲。呼吸平缓,心定神安。

　　人生,转了一圈,终究是要回到起点。绿,原本就是与生命离得最近的。生,又何必要为那些无用的欲求碌碌一生。

点一盏暖暖的灯

人大略都是欺生的。我毕业分到那个乡村中学任教时，就时刻感觉到四下里阴冷的眼风。但年轻，对什么都不在乎，傲气得很。

学校里的宿舍很紧张。跟我同来的两位老师，因为她们的父亲本是学校的老师，自有落脚之处。而我，先是挤在一位同事的办公室。但后来，同事恋爱了，男友时时来，我待在那里很尴尬。

终于，熬过那一个冰冷的冬，到了第二年的四月，学校收拾了食堂的柴屋，隔了半间做我的办公室。小屋小得可怜，只够放一张办公桌外加一张床。小屋没有窗户，跟头头反映，但不予理会。毕竟有了自己的栖身之处，还是欢天喜地地搬进来。住进来之后，感到不对劲。正是"为赋新词强说愁"的年岁，于夜深人静之时写下《小屋无窗》，投稿当时的市报。时任副刊编辑的盛老师将文字细细改过，删去那些不平之音。

有一回，去见盛老师。她说："改了你文字多处，是为你好。"寻常的话，却如书页里的馨香，从此伴随我静心读书，写字。自学考完本科，也写了很多日记、文稿。学历的提升是需要，胡乱的涂鸦并非为了成名成家，但我深为自己的坚持而欣慰。

那时，正是坐在老师堆满书报的办公室，陈旧的楼里也尽是油墨的气息。其时，报社那矮小的三层楼，落在四围的楼群间，透过窗户望过去，也是逼仄的天空。想老师日日伏案，有窗也未必可依，那么无窗又奈若何？

清风明月中，虫鸣相和；

长夜孤灯里，书香为伴；

天地澄明，心胸疏朗。

还时时念及中学时的语文老师，他在我的作文后面批语："一个能在书乡中寻觅书香的人，应是能求得心灵的宁静与安然的。"果如老师所言，此后的岁月里，不论是灰暗，还是有逆流，那一脉书香，总为我点一盏明亮而温暖的灯。

除了那一篇《小屋无窗》，我似乎没在别的篇什里，流露出人世际遇的怨愤。人生有很多东西值得我们记忆、沉淀。此刻的冬夜，我靠在床头，握一支铅笔在随手拾来的纸上划拉这些句子，电视里又出现了那则公益广告：

女孩上完夜自修，独自骑车拐进幽暗的小巷。为驱赶夜晚独行的恐惧，她一边骑车，一边唱歌。巷中，大爷亮着一盏昏黄的灯，收拾着他的小摊。女孩行到大爷的身边，对他说："大爷，这么晚了，您还不回家啊？"大爷说："就回，就回了。"女孩继续向前骑车，大爷将灯斜过去，照亮女孩远去的背影，女孩感激地回头给了大爷一个微笑，心里说："谢谢，大爷。"女孩进了门，画外音里，大爷说："都回来啰，都回来啰。"

我们都有可能是那个独行的女孩，我们又何妨不做一回那个大爷，点一盏暖暖的灯，在夜里，在巷子里。

水因有月方知静，心为无恨始觉宽。

初夏，一个有雨的晚上

今夜，是立夏后的第五天。

手机里收到一条教育局发送来的信息：未来六个小时以内，我市将有大风雷雨天气。白天的时候，确知一条消息：临镇的中学，几个孩子河边玩水，其中一个孩子失踪了。那时，站在白花花的太阳下，还是感到一股莫名的凉气袭身。

洗完澡，坐在床头，翻一本闲书，等雨。空气闷热，床头的电扇送出徐徐的风，仍是燥。书的作者，一个颇为自以为是的女子，小资，傲气，不食人间烟火的干净模样。她说，有人问她写作的灵感来自哪里？她言来自庞大的内心。我不太确信她的内心有多大。绝不会有庄子说的那样，"独与天地精神往来"的大。她所谓的内心不过是自说自话的虚空。一本书翻到最后，她始终在那里写：暗恋，自恋，卡布基诺，香奈儿，或是鸦片。她分不清好坏、清浊，那些文字在我就只能是消遣，懒得深究。

还是等雨吧。掀起一角窗帘，路灯下，天色昏暗。广玉兰宽大的叶片在风中翻舞，呼啦啦的。又一阵风，扯出一道闪电，照亮窗前。几个在外面走路的人说："掉雨点了，回去吧。"杂沓的脚步声远去，雨点就来了，滴答滴答，打在树叶上。

索性，开了门，立在廊檐下，听雨。

身处江南，我以为我一辈子不会对雨生出别样的情感。若能不厌烦，就是难得了。读《红楼梦》，林妹妹喜欢李商隐的诗句"留得残荷听雨声"，我却不大赞同。残荷憔悴，落在雨中就更不美。像年岁不小的妇人，人前邋遢的哭泣，不如收敛了性情，无人的角落独自饮泣。听雨，只认为那是文人的雅事，于我不相宜。

但我哪里知道世事的变化呢？

那是2011年的夏初，这一年，注定是不寻常的。先是日本大地震，核泄漏，民众"抢盐风"。大街上，还有风传的各种流言。说什么今年的三月三逢着清明，不吉利。

当所有的喧闹渐趋岑寂下来的时候，我去乡间走了走。这里，沟渠纵横。往年，那些沟渠水波潋滟，满满当当。菱角、荷，铺满河面。现如今，沟渠干涸，杂草胡乱地贴着淤泥生长，堵塞了河道。有些河道甚至裂了深深的口子，阳光下泛着惨白的颜色。

很久没下雨了。这是江南少有的春天，无雨。模糊记得，麦子疯长的时候，下过一场透雨。有老农在田边还放了一挂鞭炮，感激上苍的开眼。麦子抽穗、油菜开花的时节，只想着少下点雨，保着个好收成。清明无雨，谷雨无雨。早稻秧苗已经长得很深，但无水翻田。立夏了，仍无雨。再没水，就是中稻也无法栽种了。曾经的"鱼米之乡"，怕是要跟"颗粒无收"攀上关系了，想想都痛心。

轰隆隆，一声雷，紧跟着一阵雨，哗啦啦。硕大的雨点砸在水泥地面上，带起一股尘土的气息，吸入鼻腔，忍不住打了个喷嚏。雨声愈急，一声声，一阵阵，是急促的鼓点，是欢愉的歌唱。

请原谅我真是一个俗人,没有半点的雅兴。此刻,听雨,是听出一些欢愉。却不是"残荷听雨"的意境,也非"壮年听雨客舟中,江阔云底,断雁叫西风"。我只是喜欢这雨的湿润,混杂着泥土的气息,钻进鼻孔,钻进胸腔。有一个词很雅,"醍醐灌顶"。这里,我且借用一回。我承认我浅陋,刚刚在别人的书里迷糊,我没有尝过卡布基诺,也没有见识过香奈儿,我全然不识那些咖啡的滋味或者香水的气息。伸出手掌,接几点雨,这就是我的卡布基诺。深深地吸一口气,这就是我的香奈儿。

夜深,掩门进屋,雨声仍在门外。睡吧。天地大美寂无言,雨声如书伴梦眠。

有些话，不必说出口

童年时期，与几个同村伙伴打扑克。

四五个人或是五六个人不等，玩"跑得快"。两副牌，每每能抓到四个王、八个A之类的牌，很过瘾。谁的牌抓得好，牌出得快，谁就赢了。

每一回，大家一起玩牌，总是拖着鼻涕的大毛子手脚利落，早早出完牌，在大家都出完牌后，又利落地洗牌。玩得腻了，大家收拾收拾，大毛子的面前堆着满满的一垛"光板"（一种纸叠的玩具）。

大毛子的父亲是跛子，每天背着剃头箩出去，挣不了几个钱。母亲是癫痫，长得不好看，做起事来也磨蹭。包产到户后，每年人家的田里已经秧苗青青，他家的田还没翻。他还有两个弟弟。大毛子念到五年级了，做算术的时候，人家拿雪白的纸打草稿，他把算式写在桌子上，但他考试总是班上最高的。他的桌子上，叠放着写了一层又一层算术式子，都看不清楚面板的本色了。他的作业也不是写在练习簿上，偶尔就写在他跟我们打牌赢来的那些"光板"上。那些"光板"，是我们拿旧挂历撕的纸片、或是尚没写完的作业本纸叠的。到他手里，他一一拆开了，抹平了，用针线订起来，就是作业本。

每每在玩过牌后，我看着他笑笑，说：你的手气真好，总是抓到那么好的牌。他也笑笑，说：是啊，手气好呗。

其实，大毛子并非好手气，总是抓到"天绝"的牌。是他每次洗牌的时候，总是藏几张牌在脚底，或是袖筒。抓完牌，趁我们不注意的时候，收在手中。从一开始，我就知道，但我从未开口说过。

后来，他书念到大学。又辞职做外贸，开工厂。他积聚了巨额财富。他出资十万，给村庄修路，给小学盖房。

与人相处，类似童年大毛子那样的小伎俩我都不会说。不被拆穿，游戏继续愉快地玩下去。拆穿了，才是难看。父亲说：大毛子用"光板"纸写作业，送他新本子他却不要。

人生，也不过就是一场又一场的游戏。看似玩，实则上演的是尊严与尊严编织的炫目场景。人，都重尊严。给人以尊严，不是小同情，是大智慧。

饮尽世间一杯茶

大约还能静下心来读几页书，写几行方块字的人，没有不喜欢饮一杯茶的。爽口，清心，提神。

其实，咖啡也好。但它到底是舶来品，似乎总隔着一层，无法交心的那种。

茶，有汉唐古韵的风情，得高山灵水的滋润。古典、雅致并蓄，养眼也暖心。

柴米油盐酱醋茶，开门七宗事。茶，位列其中。

一杯茶里，有俗世的人情。

看电视剧《甄嬛传》。皇帝在养心殿忙于公务，有人递上一杯茶。皇帝头也不抬，接过喝了一口。噗，一口吐掉。啪，一声脆响，杯子也就手摔在地上。

你道什么缘故？不过就是皇帝的喜怒无常，自己惩处了贴心的老太监，换来一个新人，连他沏的一杯茶也不对味儿了。

茶哪里就不对味儿了。不对味儿的，是人。至高无上的皇帝，呼风唤雨的能耐，竟也有留不住贴心人的时候。他心烦，借助一杯茶发泄心中的不满。

国庆长假七日，正在上高三的儿子没有那么久的假。日日早起，给他准备早餐，并烧水泡两杯茶。一杯揣在他的书包里，他带走，一杯留给自己。他上学去后，屋子里静下来。人，回到沙发上读几页书。

这日，读过几页书，犯困，又一头睡着。醒来一瞧，已是上午九点多。远远地听着儿子学校的铃声，大概已是两三节课之后了吧。口渴，端起早上泡的那杯茶，喝一口，没有吞下去。

一杯温暖的茶，被晾得太久，凉了，茶香也已尽了。

此茶，非彼茶，不饮也罢。那滋味，比"人走茶凉"的体会还令人难忘。

《红楼梦》里，贾宝玉在潇湘馆题联，"宝鼎茶闲烟尚绿，幽窗棋罢指犹凉"。这"凉"，就是"人走茶凉"的"凉意"。宝哥哥喜聚，不喜散，才会有这般的体会。

但"人走茶凉"，到底还有一刻的欢聚。不过就是热闹过后，归于沉寂。

在人世，有时等一刻的欢聚，都未必有机会。一头热热地沏一杯暖暖的茶，等。说好了，会回来。茶凉了，香散了，人还未必到。末了，不过是弃了那杯曾经温暖的茶，另换一种心情罢。弃的，是那杯茶。弃的，也是那份早已暖不起来的温情。即使舍不得，又能怎么样呢？

有一朋友，能言善道，我们一起聊如何读书。

我说，我几乎不会端坐书桌前，优优雅雅地认真读书，我做不来一副做学问的样子，累得慌。

他说，猜猜我现在何种样子在读书？我不猜，等着他自己描述。

"双脚架到书桌上，椅子的前两条腿悬空，后两条腿勉强落地，一本书捧在手，头仰靠在椅背上。"

电话这头，我掩起话筒大笑。电话那头，他继续："读书，没有一杯暖茶相伴，多凄凉。但你不知道，我想喝一口茶，有多难。先得让椅子的前两条腿落地，再把自己的两条腿从桌子上拿下来。可是脚已麻了，人站不起来。费尽力气连同椅子挪到桌边，才够得着桌角的那杯茶。幸好，茶未凉。"

一本书，一杯茶，在他的描述里，风生水起，趣味横生。

但我却不太信他的描述，总以为他不过是顺着我的话头走罢了。因为，他看见我不曾老老实实读书的样子：人靠在椅子里，双膝顶在桌子上，椅子的两条前腿高高翘起。第一回见，他就温言提醒：你小心点，别摔了。

我信与不信，无关我们之间的情深缘浅。人生，难得遇到那么一个跟你举止、爱好一致的人。他每说一句，真或者虚，差不多都是在表达他和你是同道之人。而我听着，情怡心悦，足够了。

后来，每回一坐到桌前读书，总会想起他淘气的读书样子。捧起茶杯喝一口热茶，想起他说"读书，没有一杯暖茶相伴，多凄凉"，会突然感觉人世的温暖与眷恋。

饮尽世间一杯茶。饮一杯茶，悟一回人情味，又是山一重，水一重，滋味各不同。

年三十的阳光

天气在持续的冰雪之后，扎扎实实地晴了几天。天气预报说，年中几天，全国大部分地区，都以晴好天气为主。

我们来小城的新居过第一个年。早前，就把过年该准备的琐事准备得差不多了。今天，是年三十。先生和孩子已经很早就起床，他们早餐后坐车回郊区的老家上坟去了。我起床后，没什么事情可做，搬一把椅子到阳台，晒着阳光，读一本书。后背越来越暖，渐乎热。脱下棉服，看看手机，离准备午饭的时间也还早。也懒得看书了，戴上眼镜，趴在阳台上看楼外。

我在高高的五楼，楼前是小区的广场，一块开阔地。极目处，我可以看见干净的天空，清澈的蓝，透明的蓝，很容易让人沉醉的色泽。楼前，小区的人行道路上，散落着人家放鞭炮的碎纸屑，红艳艳的，铺满一地。

这几天，小区里一直有断断续续的爆竹声。我对先生说：这城里人怎么就犯傻啊，动不动就放爆竹。先生说，回老家过年去，走了，放一挂炮。孩子在外面,来父母这里过年,回家来,也要放一挂炮。还有,新女婿来的,小孩子头一回上门的,都要放炮啊。过年嘛,喜庆,热闹。

前面一幢楼里,一个孩子拎出一大袋子的废弃物,丢到垃圾桶。然后,他蹬蹬上楼,又抱出一个纸箱子,也放在垃圾桶边。他仍旧回家去。楼道里,又走出一个中年男人。他走到一辆黑色的轿车旁,打开后备箱,放进一只纸箱,又放进一只纸箱。他的妻子和孩子也拎出一些东西,搁进去。后备箱里,大概塞得没有任何空隙了吧。啾啾,遥控器打开车门,他们一家人坐进车里,是要赶在年夜饭前回去吧。

广场上,有一个年轻的母亲带着她幼小的孩子,在给孩子拍照。她们走了,又来了几个孩子。他们在健身器材上练习单杠、吊环,又掏出口袋里的什么玩具,蹲在地上玩一会儿。

一切都是温和,一切都是安宁。我长久地趴在阳台上,看着这一切。我不知道自己是贪念这阳光,还是贪念这俗世的暖。

接着,他们就过来了。两个老人,一男一女,应该是夫妻。男人戴着一顶破旧的帽子,女人扎着灰头巾。他们套着套袖,戴着塑胶的手套,一手拿一根棍子,一手拎着蛇皮袋,走在小区里。走到刚才那个孩子扔垃圾的垃圾桶旁,停下了。男人在一旁展开蛇皮袋,女人拿棍子在垃圾桶里扒拉着。捡出塑料的拖鞋、铺地板的泡沫,一本旧挂历,一些书报,塞了满满一袋子。他们拖着装满废品的蛇皮袋,一前一后,走在前面一幢楼的阴影里。再走出小区的大门,阳光追随着,爬上了他们的背。他们的身影,消失在那一片阳光里。

这是旧历年三十的阳光,温暖,灿烂。

似水流年

一

同事娟也是多年的同学。

十二岁那年,我们从不同的地方一同考进现在工作的这所中学,不在一个班。

我们又在同一年考进同一所师范学校,仍不在一个班,可教室门对门。

毕业后,我们又一同分配到这所中学,一待就是十七年,不曾挪动。

有一回,我对她说:二三十年的光阴,就跟你一起耗着去了。

她言我话语中的"耗"字无比颓废,充满抱怨。

她不知道我原是如此的欢喜,只是太深的欢喜,一时找不着妥帖的词语表达而已。

就是欢喜呀。像老祖母捋着她的几根银丝,别上她摩挲了一辈子的银簪。还有母亲的一枚顶针,哪怕她眼花了,做不了针线活儿,但还是会不时拿出来擦亮它，就像擦亮一段美好的岁月。

流水一样的时光，每一滴都折射着阳光的温暖。也还是欢喜啊。

二

校园外，有一条很长的河流，和一片空寂的河滩。空寂是因为只要潮水退去，它都是荒芜的。

一颗轻易不肯屈服的少女之心也是荒芜，遇见空旷的河滩正是适宜的。

爬松软的沙堆，踩开着细碎花朵的紫云英追逐蜜蜂和蝴蝶，蹲在河岸上打水漂。

一颗小石片贴着水面扔出去，看它在水面上跳跃着远去，再沉入水底。男孩子爱玩的游戏，一个人玩着也很上心。

即使什么也不做，哪怕就是看着河水荡漾而去也是好的。河水是有梦想的吧，要不它为什么始终向前，不肯停下脚步。河水也是快乐的吧，要不为什么总是听见它清脆的歌声。

我也是有梦想的。在沉默寡言的背后，是一颗不安分的心。

我也是快乐的，哪怕我从不轻易露出笑脸，但我轻轻哼着歌，是曲调歌词俱佳的《牧羊曲》。

河滩上有时也有羊群来去，我穿过羊群，想象着自己就是挥舞着鞭子的牧羊女。

但我总还是要回到校园里去，待在一间没有窗户的小屋里读书、备课。累了的时候，我抬眼看黑漆漆的房顶。

这是学校的旧食堂改作的办公室，屋顶的房梁上残留乌黑的油烟。

最最美好的青春，因为这样的邂逅，平添了些许忧伤。

门前，有一棵茂盛的梧桐树，阳光从树叶的缝隙里落下来，碎珠子似的铺满地面。我忧伤的面容在梧桐树的阴影里，像带着面纱的欧洲女子吧。

三

村子里有一位姐姐，人长得漂亮，后来她喜欢上一个男孩子。

男孩子家很穷，结婚的时候，他们家甚至腾不出一间屋做新房。她的父亲不许她嫁，可一颗寻爱的心，哪里肯轻易屈服。

他们自己用泥巴筑了一间小屋，讨来旧报纸糊墙壁。他们低着头，从矮矮的屋檐下进进出出，脸上都是挂着笑的。

门前，他们种了很多的花，栀子、蔷薇、牵牛花、指甲花，也还有丛丛的菊，一年里缤纷灿烂地开。每一朵花，都绽放着温馨。

读书的时候，我从他们的门前经过，听着老人们的议论。我不太懂，可还是替漂亮姐姐不值。

工作后，我仍经过他们的门前。

漂亮姐姐有一双儿女了，他们家的屋子重新盖了，是高高的楼房。漂亮姐姐老了很多，只是不见那个他，很多年都不曾见。有人说，他在外面挣了很多钱，替家里盖了楼房就不再回来，另娶了年轻的女人。

他们门前的那些花，也一年年地枯萎掉，终被荒草淹没。最美的花儿，原都是为爱开放的。

这个时候，我仍然剪着女学生样的那种齐耳短发，做了一位同事的新娘。在我的新房里，是洁白的墙壁，光滑好看的地板。我说，若经年之后，我仍是一朵花，那么我要做一朵总在低处飞的蒲公英。

低处的温暖和幸福是触手可及的，高处不胜寒吧。

四

　　三十岁以后,我开始接触日本小说家渡边淳一的小说,从《失乐园》《红花》到《紫阳花日记》。

　　看过书页里渡边的照片,一头银白的头发,却炯炯有神的眼睛,以及很亲切的笑容。他不是冷峻的模样,是可以亲近的长者风范。在文字里,他也以这样的面目出现。

　　文字是有温度的,可以触摸。翻着他的书,是安静的夜晚。床头的闹钟滴答滴答地走,一颗坚硬的心慢慢在他的文字里柔软,渐渐陷入梦境。梦里,桃花盛开。我在桃花的深处,寻你。

　　很久以前的诗人说:人面不知何处去,桃花依旧笑春风。那个桃花一样的女子做了谁的屋里人?其实,十八岁的女孩当作栀子或是蔷薇,开素净或是细小的花朵,不张扬,却甜美。唯有历经世事的女子,才在你的注视里开成灼灼的桃花,那份盛开的艳丽里有隐约的忧伤。忧伤不是哀伤。忧伤是美,哀伤才致命。

　　寻常的日子,路过街边的鲜花店,欲买一束玫瑰送给自己,但是一束束玫瑰都憔悴,失望着走开。

　　卖花的女孩说:姐姐,你可以等吗?你去街上逛一逛,我保管给你一束水灵灵的玫瑰。

　　从街上转一圈回来,卖花的女孩已扎好一束粉红的玫瑰,朵朵鲜艳欲滴。美好的东西都是这么值得等待的吧。抱了满怀的花,说不出的欣喜。

　　女孩说:它们还是刚才的那些花,只是我给它们喝足了水,连每一朵花瓣都喝足水。

　　那么,憔悴的容颜不是不值得一见,只是少了足够的水分而已。

　　我该怎样保持水分充足的容颜,站在时光里,等你遇见。

五

办公桌上，有一只玻璃瓶，常有孩子们叠了五颜六色的幸运星放在里面。累了的时候，禁不住对着它们微笑。

冬天，寻一个背风的角落晒太阳。一只狗来到面前，摇一摇尾巴，也安静地躺下。

快乐着的时候，我收拾屋子，然后坐在窗明几净的空间里读诗。寂寞的时候，我哼着歌，写一页又一页给自己的文字。最美的诗歌里，心灵会张开飞翔的翅膀。温暖的文字里，即使揉皱的心也会慢慢饱满。

而最温润的一刻，是你抚摸着眼角的细纹，告诉她你的爱，醉意朦胧里也还是抓着她的手，不放开。我们抗拒不了衰老，却可以守住温暖的爱。

六

这个除夕，吃过年夜饭，外面的爆竹声渐渐稀落。

站在屋檐下，雪花悄无声息地落下。大朵大朵的雪花，伸出手去，雪花在掌心化成一滴温热的水。舌尖舔一舔，有一丝甜味。

这一年，江南的雪落了一场又一场，就是这场雪是最美的。所有奔波的脚步都已停下，所有忙碌的人儿都可以安然地睡下。枕着新年的雪花，做一个美好的梦吧。

似水流年里，多少感激，多少深爱，像一朵一朵雪花落在掌心，化着温热的水滴一颗。

雪下得这么久

　　这场雪下得太久,我都已经好多天没下楼了。教育主管者想得周到,为了孩子们的安全,课一停再停。放假的日子里,我把夜晚无限延长,思维在沉睡里越发混乱。想出去转转,开了门,冷风直往脖子里钻。找围巾,也顾不上围巾与上衣的色彩是否相配。

　　走到街上,柏油路面上的积雪融化了,在晦暗的天空下显得格外干净。想吃糖葫芦了,但好久没听到卖糖葫芦的吆喝声。逛了一些路,还是没看到那个卖糖葫芦的小伙子。估计今天他是没出来。突然想,糖葫芦是怎么弄出来的?雪下了这么久,糖葫芦也许就没法弄了吧。人们总是要吃糖葫芦了,才会来寻他。吃糖葫芦的人忘记他的时候,他做什么?小本生意,他可以养家糊口吗?若是因为大雪,他卖不了糖葫芦,这个冬季他就少了一些收入,于他,这雪就不会有一点浪漫。他也一定不会像我,躺在温暖的被窝里,倾听雪落树枝的安宁。

　　路过传达室的门口,看到几只狗挤在一起卧着,全然没有了往日的潇洒自得。它们是一群野狗,无处可去。平常,在校园的垃圾堆里找吃的,吃饱了,就在校园里转悠。学校领导也曾考虑过师生的安全,把狗赶走,但赶走了它们还是会来。在垃圾堆旁转悠的,除了这群野狗,还有校园外的一个疯女人,也好久没听见她的叫骂声了。

学校不准她进校园,她找不到吃的,就会骂人,就会用锄头毁坏门窗。不得已,只好尽可能上课时不让她进来。放学后,她悄无声息地溜进校园,食堂师傅会留些剩饭剩菜在外面,她自顾拿走。

雪下得这么久,垃圾堆被厚厚的积雪覆盖,野狗在挨饿,还有几只无家可归的猫。春天的夜晚,那些猫在窗下快乐地歌唱。它们还能不能等到春天的来临?所谓适者生存,大概就是这么严峻。于那些狗或者猫,这场雪下得太久了吧。

当天色渐渐暗下来,我立在窗前。雪光映入我的窗内,照亮的不仅仅是一室的幽暗,还有我的内心,一种久不被触及的冷漠似乎慢慢苏醒。

雪,明天该停了吧。太阳该出来了吧。不是我很冷,而是很久没看见他们。希望阳光可以带来他们的消息,他们走过的地方,温暖的光辉荡漾。

菊花恋

　　春燥，话说得多了，嗓子里似总是黏着什么，咽不下去，咳不出来。时不时地，还要干呕几声。也不往心里去，职业病吧。日日与粉笔灰打交道，一堂课四十五分钟，唾沫横飞，直说到咽干、头疼。

　　他不在意，她却莫名担心。

　　人群里，听见他不经意地清清嗓子，她望过去的目光里，都含着热切的关心。但她不说什么。能说什么呢。他器宇轩昂，风头正盛，黏着他的女孩，据说不止一个。她长相普通，女孩子的矜持，遮掩着一颗欲动的心。

　　听得一个老中医说，喝菊花茶，可以减轻咽炎的症状。再去办公室的时候，她带了菊花，烧一壶水，捡几朵菊花，泡一杯菊花茶。干枯的花瓣，热水里慢慢柔软，渐渐透明，袅袅的香气弥散，似是重生一般的欢愉。她默默端详着手中的白瓷杯，眼里竟有浅浅的潮湿。

　　他来，夸张地耸耸鼻子："这么香。"

　　"喜欢，也给你泡一杯。"她笑着应。

也不管他后面的话，兀自取过他的杯子，自自然然地就替他泡了一杯菊花茶。他也不谢，坐在另一张桌子上，留一个背影给她。

后来，每个清晨，她来办公室，烧水，泡菊花茶。自己一杯，他一杯。

春天悄悄地过去，夏天悄悄地来。

蓦然的一天，他仍是坐在她的对面，彼此无话，只一个背影。他批作业，偶尔也抽烟。

她也批作业。

办公室里，静悄悄的。有另外的同事进来，似觉太静，也不说话。转一转，出去了。

偶尔，她也发一会儿呆。又一会儿，她发觉他一上午也没有清嗓子、干呕了。笑容悄悄在她的脸上，荡一圈，又消失了。

又一个春天，他仍是嗓子不舒服。咳一声，用手摸摸脖子。

她说："这两天，感觉嗓子也不舒服。"然后，就泡上一杯菊花茶。仍是自己一杯，他一杯。

金秋季节，单位组织出游。漫山遍野的菊花，小小的，金黄的野菊，秋风里摇曳。旁人四处乱逛，独她在那一片菊花地里，久久流连。

再后来，他升职了，去了另外的办公室。

她也调去异地。

他和她，离得越来越远。

又是春天。嗓子还是不舒服，他想起泡一杯菊花茶。他还突然想起她，那在菊花地里寂然无声的身影。白瓷杯的暖，菊花茶的绿意。仿佛，都是安抚，都是慰藉。只是，他到底还是没有明白——

菊花的花语，其一就是，淡淡的爱。

走失

  我四五岁的时候，姐姐上学了，弟弟还在吃奶。没人管我，我便经常跟着教书的父亲去学校。父亲上课的时候，我就在校园里溜达。下课了，也会混在学生中间玩。

  那时，星期六下午是不上课的。那天午饭过后，父亲出门做事了。我午睡醒来，四处不见父亲，以为他上班忘记带我了，在家又没人陪我玩，就一个人去学校。到了学校，空荡荡的校园里一个人影儿也没有。我应该是被眼前的空荡荡吓懵了，这一懵就犯糊涂了。不知道顺着原路往回走，而是继续往校园外的另一条路走去，离家越来越远，路旁的景物也越来越陌生。

  路的右边，是绵延的稻田。路的左边，是一条河，河的对岸是无边的棉田。该是秋天，稻禾和棉株都长得极为茂盛。路的前方是村落，有此起彼伏的狗吠，以及游在河湾里的鸭子嘎嘎嘎地叫。我大略还是对这些充满好奇的，在找不见爸爸妈妈和姐姐的地方，竟也忘记了哭，只是一路走，一路张望。

后来，在河那边的棉田里捡棉花的某个人，抬眼的瞬间，看见河这边路上的一个小人儿，惊诧道："那不是徐老师的小女儿吗？她怎么走到这里来了？"他的一声惊呼，引来在棉田做事的很多人抬眼细瞧，那些人中就有我的父母。

　　这一次的经历，无数次被父母当作取笑我的"经典"在饭桌上演绎过。起初，我害羞地笑。再后来，我淡淡地回味。

　　人生无不是这样的走失。谁说每一天不是走在一条陌生的道上，你不知道前路是什么。没有目标，没有方向地行走，像一个孩子那样观望这个世界，其实才是新奇与快乐。

　　但，似乎没有人会认为这样才是正确。读书，找到好工作是方向；工作，挣到更多的钱是方向；挣钱，结婚生子，大略那也就是幸福的方向。其实，没有人想过内心的快乐是否和初始一样。只是，忙碌，富足，掩盖了所有真实的样子。

　　现在，我回头一望，便惊呆了：我已经走失很久了。

绳子的梦境

我的童年，最快乐的时候是跳绳子。

一个人跳绳子，握在手心里的草绳子，刺啦啦地扎手。数着跳跃的次数，听着脚落地的踢踏声。脚步不疾不徐，甩动绳子的双臂顺绕一下，反绕一下，把一个个缓慢的黄昏直跳到夜色昏暗，星星一颗一颗在天边亮起来。跳累了，坐下歇息，我还喜欢听着自己剧烈的心跳。站在母亲的梳妆台前，看小圆镜子里爬满细小汗珠的鼻，泛起红晕的脸。

除了跳绳子，我和弟弟还会拿母亲的麻绳在树杈上结秋千。一根粗麻绳，一头栓在一棵树的树杈，穿过一条小凳子，绳子的另一段栓在另一棵树杈上。人坐上小凳子，身子荡起来，笑声也荡起来。弟弟小，秋千结起来，都是他坐在那里多，我站在他的身后，推着他的背，让他荡得更高。但，这样的事情不能经常做，得是背着母亲偷偷地玩一回，因为麻绳金贵。

搓一根这样的麻绳要很多道工序。菜地里种那么几棵苎麻，等到立秋边上，砍了麻秆，剥了皮，用刮刀剔除皮脂，就成了麻，白净净地晾在太阳地里。在一个雨落下来的日子，母亲把它们泡在水桶里，在膝盖上搓成一根一根麻绳。搓得细细的麻绳是母亲用来纳鞋底的，只有那些挑拣出来的、不太好的麻才会收集起来做担子绳。

我常看母亲搓麻绳。一天的麻绳搓下来，母亲的两只膝盖红肿着，走路都趔趄。所以，我穿鞋子是很小心的，从不穿舒适的布鞋跳绳子，也不会在雨地里穿布鞋。偶尔放学的时候遇上下雨，不管多冷，我都会把布鞋脱下来，塞进书包，赤脚回家。

母亲的针线活是村子里最好的。她剪的鞋样、滚的鞋帮、纳的鞋底都是一大帮子姑娘和媳妇们羡慕着的。她们经常来家里跟母亲一边唠嗑，一边做鞋。常来的就有王木匠的女儿翠儿。

翠儿的娘死得早，有个哥哥腿有点瘸，三十好几了还讨不上媳妇。

翠儿和母亲一起做鞋的时候，有时会听到她咯咯咯的笑声。

母亲说翠儿伶俐，姑娘里数她的针线活精致。她除了会做好看的鞋，还能把穿坏了的棉袜拆了织背心。但母亲说着她的时候，常常不由自主地叹息，我不太明白母亲为什么会这样。

一天放学，路过河边翠儿的家，看到很多人围在她的房前，闹哄哄的。我惦记着回家放牛，没有停下来。晚上吃饭的时候，母亲说翠儿在仓房里上吊了，剪了麻绳放她下来已经没气。

很多年以后，我才知道，翠儿是因为他父亲要给她换亲，她不从。

之后，江南的梅雨季节来临了。成天的雨，一阵一阵，断断续续地下了近一个月。母亲每天坐在门槛边做针线活，瞧着暗淡的天色很发愁。她说很多东西都快霉掉了："这鬼天！"

雨季结束以后，我小学毕业了。这个暑假，姐姐带我去邻村看了一场露天电影，《小街》。喜欢电影里那首插曲《妈妈教给我一首歌》，出门进门都啦啦啦啦地哼个不停。但我的童年似乎也就那样悄无声息地结束了，对绳子的印象越来越模糊。

有时，会想起《小街》里的一个镜头。女孩剪着男孩子一样的短发，在大衣镜前用长长的白布条裹着胸。一想起来，就会觉得胸口阵阵发闷，透不过气来。还会不停地做梦，梦境里有绳子勒住脖子，常常是感到自己快要死了，就惊醒过来。

众说纷纭话吃相

小时候，最怕与外公一桌吃饭。吃着吃着，啪嗒啪嗒，莫名地一筷桄子上头，砸得头皮嘶嘶抽凉风。头不敢抬，眼不能瞟，赶紧捡拾起掉在桌上的饭米粒，吃下去。

外公说，一粒米，半碗汗。吃饭掉下饭粒是没长下巴，不是富贵相。

有时，干脆不上桌了，端一碗饭站在桌边夹菜，一碗肉正在桌子的中央，筷子在那碗肉的周边菜碗里走一遍，最终也不敢落在那里，悻悻地捧了碗走到一边去。

外公说，小孩子不能只对好的食物盯着看，那会滋生贪婪。万恶皆因贪婪起，戒贪就从吃相上看。

十几年前，在外面开会，统一住宾馆，免费早餐，十个人一桌。早点的样式还是较丰富的，七八种花样，只是每份只有十个。其中，有一盘那时乡下很少见的蛋糕，软乎乎的模样，在一色的馒头包子中间，多了油亮的光泽和鸡蛋的香味，尤其诱人。同桌的有一位男士，他一上桌，就闷了头一下子连夹了四个，一口一个。看那吃相，压根儿透着一个词："好吃。"只是一桌子的人，没人说话，心底估计也有一个词："馋相。"

在我们的生活里，最热闹的场面还是吃饭。大到正式的宴会，小到三五知己的小坐，无酒不欢，推杯换盏，笑语喧哗，间或打嗝划拳，怎么折腾，怎么玩。所以，在任何一处大众餐馆，你甭想让你说话的声音小到只有你的邻座才听得清，也许他压根儿就不想听你的悄悄话。大家坐在一起，一桌子人不能说两样的话。亲啊，怎么能分彼此呀。再私密的话，也得拿出来分享。所以，想拉近彼此的关系，吃饭是上上的选择吧。也许，亲不亲有待考证，但饭桌之上个个的吃相有几分俗世的暖和热情，总好过拘谨的生分，客气的谦让。

　　做了许多年的老师，所谓桃李满天下的满足感，就是走在大街上，总会遇上一两个往年的学生，大声地叫着："老师，老师。"完了，还不定拽着膀子："吃饭去。"若是只有一个还能推脱过去，若是三五个，就甭想溜了，乖乖地跟着他们走吧。从前，你可以训他们，但此刻，再客气，就得挨训了。长江后浪推前浪，也是可以这样理解的。吃饭，其实也没什么。但因为年龄产生的喜好，在这里就显见了。最妙的是一口火锅，锅里滚滚的是沸腾的汤，面前堆着素的、荤的、辣的，满满当当。逮着什么吃什么，没有禁忌，哪怕捞起的冻豆腐上还挂着冰碴，也毫不犹豫地吃下。一群可爱的孩子，说着吃着，就渐渐忘了一旁还坐着的老师居然一口还没吃呢，脸上却挂着满足的笑容。吃吧，吃吧。还有比这更美好的情境吗？率真的样子，恣肆的激情，看着就过瘾。

　　还有，做一个九零后的母亲，真不容易，你强调素食的好处，可人家根本就是一"肉食动物"。一餐无肉，就提不起精神。挤出一个周末，耗费半天的功夫，弄出一盘鲜肉饺子，热腾腾地端上来，他醋碗里滚一回，大口一张，哧溜一下，就进肚子啦。时代变了，身为母亲，看着孩子贪婪的吃相只会心生无尽的幸福感。

　　因此，很不屑时尚杂志里教的那些吃西餐的礼仪。诸如餐巾铺在膝上；喝汤不能发出声响；还有轻放刀叉；坐要端正，以免碰撞。这哪里是吃饭，整个一小脚媳妇上战场，憋死人啦。你要这样的优雅吗？

融融乐乐已一年

又是一个九月。

秋阳和煦,秋风凉爽。又坐上 11 路公交车,从远远的城南一直坐到城北。

我到站的地方,是坐落在城北的池口小学。人还在车上,就能看见高大宏伟的教学楼,明亮的白与温暖的红相间的楼体,在周围清一色的灰色高层建筑中格外醒目。

走进校门前的洁净巷道,一路与迎面过来的熟悉面孔颔首示意。身后,还不时传来稚气的童声:"老师好!"

新的一天的帷幕,就这样在温馨中缓缓拉开了。

而这样的开始,循环往复,已经悄然持续一年。

去年九月,我从一所乡村中学调入池口小学。

二十年的乡村工作习惯,人际关系的熟稔,让我沉浸在过往的怀念里。初来这里,我是怀着深深地抵触与委屈的,面对陌生的学生、不好沟通的家长,以及说不上来的某种疏离感,我每每在孤独的夜晚打电话给仍在乡下工作的那位，哭着说："我要回去。"

电话那头，他敷衍地安慰："刚开始，不适应，适应了就好了。"

我当然知道适应了就好了。

哭着哭着，累了，我还是睡着了。第二天，要藏起的是昨夜哭过的脸上痕迹。洗脸的时候，对着镜子试着调整一下面部肌肉的僵硬。

没有什么是可怕的，没有什么是用泪水可以解决的。哭，不过是一时的小性子而已，终究还是要独自去面对必须面对的一切。

再从公交车上下来，背上正晒着暖融融的秋日朝阳，我挺直脊背，踏进校门。在清脆的"老师好"中，抬头看见的正是挂在教学楼上的校徽：蓝天下，一只漂亮的小鸽子展翅飞翔。抽象的小鸽子正像拼音字母"K"，小鸽子的下方是变形的字母"C"，从下往上看就是"池口"之意。可是从上往下看，居然发现，"K"还可以理解为"快"，而变形的字母"C"也可看成是"L"，即"乐"意。有了这样的惊奇发现后，不禁悦然。放眼望去，教学楼上还有"快乐地教，快乐地学，快乐成长，和谐发展"十六字标语。这是池口小学的办学理念，也是每一个池口师生坚持的信念。

每天一踏进校门，心里默念"快乐池口，池口快乐"，仿佛快乐的心情就那样从心底里被悄然唤起。

有一天，一个可爱的小女生黏在身边，说："老师，你比去年漂亮多了。"我逗她："老师又长了一岁，又老了一岁，脸上的皱纹又添了几道了，老师还漂亮吗？"她还是坚持说："老师，你今天真的很漂亮。"

为了这个小女生一再坚持的"老师漂亮"，我每天努力维护着自己的形象：清洁的头发，得体的衣饰，温和的语气，淡淡的笑容，一刻也不敢放任自己的懒散。

课堂上，孩子们一张张扬起的小脸像乡村稻田里一棵棵成熟饱满的稻子；下课后，他们跟着我到办公室，问长问短；值日的时候，站在楼道里，还是有一群"小麻雀"在身边不停地叽叽喳喳……这些无不让我暖心。

我发现，一贯邋里邋遢的梅某，今天梳了可爱的辫子，清爽整洁；曾经写字马虎的李某、张某，因为我们彼此之间的一次"君子约定"，他们每天都交来字迹工整的作业；钱某，写字不好看，接受建议，每天照着老师的样子写几个字，已经坚持一个月了；方某，懂事稳妥，她每天关上教室的电扇、灯，锁好门，从不误事；王某、李某、胡某，个子虽小，可是每次拿起拖把拖地总是非常卖力；包某，勤快的小女生，无论谁值日，都能看见她在一旁默默帮助的身影……

孩子们就是池口小学美好、快乐的源泉。跟一群快乐的小精灵待在一起，还有理由不快乐吗？

每天来上班，已经有人拖好了地，擦好了桌子，烧好了水，让稍后走进办公室的人感受到一种如同归家的温馨；每次下课，回到办公室，总有一杯清茶热气氤氲，那是在我去上课的时候，同事姐妹替我泡好的；临上课了，还有几本作业本未改完，总有一个身影默默转过身来，拿走几本帮忙批改……

亲爱的同事们，亲爱的姐妹，跟她们在一起，还有理由不感到快乐吗？

不必夸夸其谈来表明，就用每一个切实的行动告诉这里的每一个人，快乐、美好的生活是靠我们每一个人从每一个细节做起的。

新学期有一篇课文《做一片美的叶子》，课文里说：我们每一个人都像一片叶子，为生活的大树输送着营养，让它茁壮、葱翠。大树站在太阳和土地之间。每一棵大树都很美，每一片叶子都很美。为了我们的大树，做一片美的叶子吧。

是的，我们都是一片小小的美丽的叶子，因为我们坚持的快乐、和谐、美好，才有了池口小学的快乐、和谐、美好。走出校门，把我们的快乐、和谐、美好带回家，带到城市的每一个角落。

归零

使用计算器，总是要按清除键，归零，才能进行新一轮的计算。

从师范学校毕业后，我去了一所乡村中学，在那里，一待二十年。二十年后，我为了换换工作环境，考进城区的小学。

在新的学校，捧起新的课本，面对一群心智与过去所教的学生千差万别的孩子，我知道，过去二十年的一切，此刻，归零。

为了更好地与学生交流，我得蹲下身子跟孩子们说话。因为，他们不再是跟我个子一般高的初中生，而是个头矮小的二年级学生。

为了训练孩子们的朗读能力，我得不断示范朗读、领读，直到口干舌燥，而不能找一个学生来代替我完成。因为，他们的能力都还有限。

为了培养孩子们良好的作业习惯，我得跟每一位家长沟通，请他们做好孩子们作业的检查与订正。

一个错别字的纠正，我得一一走到每一个孩子的身边，看着他们一笔一画地完成。

黑板上，我端端正正去写每一个字，而不能草草了事。

我训练自己说话的语调、语速，准确使用合适的词，以便孩子们都能够听得懂。

我还得向在这里工作很多年的同事们，请教工作方面的种种事务。过去，在教学中积累的方式方法，在这里也许并不管用。

虽然，从事教学工作二十年。但到了这里，一切归零，得重新开始。

我忘掉自己是一个有着二十年工作经验的所谓老教师；忘掉过去说话、行事的方式。甚至，忘掉自己。我不再是优秀教师，不再是教学能手。我在一个全新的位置，从事着全新的工作。

有一个故事说：一个佛学造诣很深的人，去拜访一位德高望重的老禅师。老禅师的徒弟接待他时，他态度傲慢。后来，老禅师恭敬地接待了他，并为他沏茶。可在倒水时，杯子明明已经满了，老禅师还是不停地倒。他不解地问："大师，杯子已经满了，为什么还要往里倒呢？"大师说："是啊，既然已经满了，为什么还倒呢？"访客恍然大悟。

一个傲慢自满的人，怎么能够接受到新的东西呢。

我的内心如同一只杯子。我得清空，才能让内心这只杯子重新注满新的液体。归零心态，就是时时给内心这只杯子清空。归零，是一种正确的人生态度。

人生，就是在一次又一次的归零中，方才有新的体验，新的成功。

一把藤椅的前世今生

一把旧藤椅，也实在是旧。一个一个空隙里，都积满了灰尘。掸不掉，扫不去。扶手上，一根藤折断了，连着几圈藤也跟着散了。夏天，光光的手臂搁在上面，剌啦啦地扎肉。四只脚上的藤条，也散的散，断的断，父亲用麻绳捆了。

这把旧藤椅，跟随我很多年，我出嫁后，留给父亲。每一回，我回家去，多半还是靠在藤椅里晒太阳，脚搁在一张小凳子上，睡大半个下午。

那年，我从小城的学校毕业，回到家乡的中学做老师。学校离家有十多里路，遇着下雨下雪的天，我慢吞吞地踩着泥泞或是积雪到学校，差不多是上午最后一节课了。那时，我代音乐课，一般也就是上午最后一节，或是下午最后一节。赶得上上午最后一节课，但晚上住在学校有诸多不便，上完下午最后一节课，我必须还要踩着泥泞或是积雪回家。好多回，我走回家天都黑透了。母亲常常要走好多路，半道上来接我。

有一天，是下雪。我应该是身体有点不适，就没去学校了。那一整天，我偎在火桶里，翻书，跟坐在另一只火桶里的母亲闲话。父亲，是村子里的小学老师。中午，他放学回家，见我没去上班，言语中很是不悦，说：才刚上班，就这么懒散，像什么样儿。母亲说：身体不舒服嘛，不就一节音乐课，又不扣工资，要什么紧哪。后来，母亲应该还有其他什么话，类似你这么勤，拿回多少工资？母亲的话有点过火。那时，父亲还是民办教师，一年的工资不比我三个月的工资多。我第一次发工资，是三个月的工资一道拿回来的，厚厚一沓。母亲很是心悦。自此，这成为她跟父亲拌嘴时常借用的话。父亲多半是在这样的话里，显得理屈气短。我不爱听父亲的话，但母亲的话听来觉得很让父亲受伤，只好低头不吭声。

　　傍晚的时候，雪愈发大了。大朵大朵的雪花，旋转，飞舞。放晚学的时分，我在窗子后面站了一会儿。草垛上，积雪很厚。村庄外面的马路上，行人很少。我心想，明天起早点去学校，省得父亲又不高兴。那天，我不知道，原本寻常的一个雪天，因为我没去上班，会注定了一辈子扎根在心里。不仅仅是父亲的责备，母亲的袒护。

　　冬天很快过去，春来，又一个新学期来临。一个春暖花开的下午，一位在另一个镇上上班的中学同学来学校看我。他步行来的，放学后，我推着自行车，跟他一起步行回家。路上，他跟我说，下雪的那天，他扛着藤椅，从镇上一直走到我的学校，已经是下午的三点了，但我却没在学校。他只好又扛着藤椅走回来，走过我家门前，他想来家里，但又怕见着我的父母显不妥，只好把藤椅扛到我家邻村的姐姐家。天也很晚了，他回不去单位，只好回家。那一天，他足足走了五十里雪路。来路，三十里。归路，二十里。还没法回答母亲问他为什么下雪天回家。这个春暖花开的下午，一路能看见桃李争春，蝶舞蜂飞，夕阳的余晖也是如此暖融融。但我感到雪意甚浓，似乎漫天的雪花飞舞。我一路无言，也只能是无言。青春是一张薄薄又脆弱的纸片，能划得上多重的痕迹呢。

后来，同学去他姐姐那里拿回那把藤椅，送给我。之后，我们淡淡地联系过。再后来，他辗转着打电话给我。那时，学校仅有教导主任家有电话，他的电话都是打到教导主任家。我接过几次，自认为让人来叫接电话，很不好意思，应该是提醒过他不打为好。再然后，我们之间的联系越来越少。一别经年，我和他之间的联系就只有那把藤椅，再无其他。我恋爱了，结婚了，有了孩子了。我陷在家庭的琐事里，我几乎不再想起那个雪天。只是，回家坐回那把藤椅里，会有一瞬的恍惚。仿佛，仍是雪天，一路飞雪，一路踏雪的咯吱咯吱声。但此后，似乎好多年都没下过雪。即使有，也只是零星的雪花。新闻里说，地球的温室效应。

又过了几年。有一回，家里的房子被一个疯子在柴房放了火。柴房烧毁，殃及正屋，一并被毁的还有那把藤椅。我回去之后，连那把藤椅也没得坐了。父亲也爱坐藤椅，他又买回来一把新的。我每每也坐，似不如先前的那把藤椅舒坦。在我的居室，起先，是大大的沙发靠着柔软舒适。后来，有了电脑，想在电脑桌前放置一张藤椅，但狭小的空间，总觉得不大漂亮。电脑前坐得多，文字也就随意地丢在网络上。

有一回，网络里见到一段留言："网上闲逛，偶然读到《犹忆年华如水》，那样的文字，潜意识里便知是你，打开博客果然是你，狂喜！由此获知你的点滴，是偶然亦是必然！虽多年不见，亦无你消息，但经常会在不确定的时间，想起那个不喜黛玉却如黛玉、自比三毛的女子。读完你所有文字，依然是那么忧郁、优雅、悠然。感知你现在生活惬意，为你高兴。"此后，断断续续地还有："《小屋无窗》读过多次，小屋压抑，但当初亲历时没有感知到伊人心境。"心里确定，这个不具名留言的人，是位故人。会是谁呢？有一天，也是网络里闲逛，进入一个空间，那里写："六月二十八日，阴历五月二十五日，伊人生日，思考着是否要祝福她生日快乐，最简单也应该是电话祝福吧。虽没有伊人手机号，真想知道也无非是打几个电话问一下就行了，但我始终没有，只在其博客匿名祝福,想来自己也不够真诚。担心什么呢?担心自己多年以来潜藏在心底深处的记忆鲜活起来,一发不可收拾?担心自己有负伊人而愧疚?担心伊人记忆中已经没有我的尴尬?担心伊人对我祝福的不屑?担心打扰伊人平静的生活?"阴历五月二十五日,我的生日。他还写,"上班的那一年,在一个雪天去一位同学单位看她,她却没去上班。兴冲冲地去,悻悻然地回。五十里雪路,走着去,走着回。自此以后,每年都会冻脚"。当我读到这些语句的时候,江南的雪下了一场又一场。像重逢,交握着的手久久不肯放下。他绝口没提那把藤椅,我对他说:那把藤椅已经在一场火中被毁。他说:"人生,无论年月怎么增长,想留住的,便会定格,就像那场雪。那把椅子烧了,定格的物品便不在。唯心地说,是那把椅子本不该存在。再换之,便是您不想它存在,念及这,您有点残忍。但想及您思想里有那把椅子,我便有点欣慰。"

我能够想起的,只是那把藤椅的前世,它的今生呢?每一个雪花飞舞的夜晚,它会不断造访,踏进我的梦里,踏进我的心里。我在一个个梦里,老了,它还年轻着。

试金石

　　我十九岁那年,毕业分配到乡村。

　　青春骄傲的背影里,总有一个身影跟随。说不上讨厌,但更说不上喜欢,哪怕就是一点点的好感都没有。不屑交流,也不屑拒绝。

　　刚刚上班的几天,每天骑着爸爸的破旧加重自行车上班。妈妈叹气,说:"你发了工资就去买一辆新自行车吧。"

　　第一回发工资,三个月的工资一道发的。我花了一个多月的工资买了一辆自行车,一款那个年代少见的小巧女式自行车。骑回家之后,爸爸抱怨多多,嫌浪费,妈妈倒是满脸喜悦。

　　女儿大了。大概所有的爸爸都希望女儿朴实内敛,而所有的妈妈都以女儿漂亮张扬为自豪。

　　但第二天回家,我一脸恨意,对妈妈说:"有人议论,说我的车是人家买的。明天,我不骑了,还是骑爸爸的车吧。"(我现在能理解为什么八卦往往能搅得当局人心烦意乱。因为,八卦者都是施虐者,被八卦的都是受虐者。那时的我,就有一点深陷八卦的意味。)

妈妈正往水缸里丢几粒明矾净水。

"水还是这缸水,现在是浑的,明早就会清了。"

目不识丁的妈妈真是智者。我一下子明白,清者自清,浊者自浊。所谓的恼、恨,都是庸者自扰。

我还是骑着我好看的新车去上班。身后,依旧是那个甩不掉的身影。只是,我平静很多。坐车出门去同学那里玩,那个身影也跟来。我上车,找一个位置坐下,掏钱买自己的票。在我看来,那个身影连一个熟人都算不上。熟人,一道同行,要么我给他买票,要么他给我买票。只有陌生人,才会丁是丁,卯是卯。若彼此有金钱和物质上的纠葛,除非施舍。

后来,与先生交往。他带我去他家,也是坐车。我就像骄傲的小公主,昂着头找座位,至于买票,那是他的事儿。时不时回家,自豪地告诉妈妈,他买的新裙子,他买的挂在帐子里的小风扇,他买的台灯,他买的珍珠项链、手表、发卡。结婚的时候,他花很多的钱买的长大衣。妈妈责备,以后要两个人过日子,就不能省着点儿。一起生活之后,每每外出购物,我只负责挑东西,买单是他的事儿。纪念日,生日,会找他要礼物。稍有疏忽,会告诉他我的不满。

有些婚恋专家给恋爱中的女孩子支招。说,他是不是爱你,看他舍不舍得为你花钱。又说,舍得花钱的,未必是真爱你。而连钱也舍不得花的,那一定是不爱你。

爱在自己心中,是一枚璀璨的金子,未必需要一块试金石来检验真假。

爱与被爱,金钱与物质的付出与接受才成为爱情之上的炫目光彩。若无爱,强加的付出伤了尊严,强加的接受是侮辱。

当国歌声响起，当五星红旗升起

　　三十年前，我是一名初中生，就读于一所小镇上的学校。
　　我们的学校在小镇街道的北端尽头，而我的家在小镇南端尽头下面的村庄。每天清晨，我要穿过狭窄、拥挤、邋遢的街道，穿过密密匝匝的人群，穿过此起彼伏的吆喝声、讨价还价声，赶在学校的大喇叭中响起《运动员进行曲》之前到达教室，放下书包，然后跟随同学们走到校园外面的操场上，整队、站立，参加升旗仪式，然后做早操。
　　但也有很多时候，我表现得并不像一个规规矩矩的学生，时间观念在我这里也并没有那么强烈，常常是大喇叭里国歌声已经响起，隔着一栋教室，立在校园里的旗杆上，鲜艳的五星红旗已经伴随着雄壮的国歌声升上教室的屋顶。操场上，全体教师与学生安静、肃立，面向国旗行注目礼。这个时候，我背着书包，才勉强走到操场边上，来不及放下书包，来不及走进班级队伍。国歌声中，我走到哪里，脚步就停在哪里，书包从肩上卸下，放在脚边，肃立，注视五星红旗冉冉升起，直到五星红旗升上旗杆的顶部，升旗仪式结束。全体老师和同学左转，恰巧看见我从地上拾起书包，平静的表情，迈着从容缓慢的步子走进班级队伍，在那个空出来的位置上立定，在早操音乐声中做操。

很多年后，当年的同学们聚会，有人说：我当然记得你，你就是那个升旗时走到哪里就在哪里停下来的女同学嘛。紧跟着，后面还会有人跟一句：是哦！在你之前，我从没有觉得升旗仪式是一件多么庄严的事，可是看着你那么肃静的样子，我也跟着肃静下来，你的样子影响我很多很多年。

我也记得自己每次踩着国歌声停下来的时候，广场肃静。我的老师和同学们没有因为我的迟到眼睛乱瞟，窃窃私语。即使升旗仪式结束，我在老师和同学们的注视下走进早操队伍，老师也从没有批评过我迟到。最初，我以为是老师对我的偏爱，后来，我明白老师是深悟仪式之美、之庄严的。在那些美与庄严中，一切言语都与之格格不入。

三十年后，我做一群刚入学的小孩们的班主任。大课间的时候，我像一个放鸭人，赶着一群嘎嘎乱叫的小鸭子来去。他们的小嘴巴，一刻也不停，还附带着小脚乱跑，小手乱舞。总之，他们精力旺盛。

每周一升旗仪式，主持人宣布仪式进行第一项：鼓号队奏乐。一时之间，他们嘴里哼着，身子扭着，踩着鼓点，小手也一下一下做着击鼓的动作。每当这个时候，我都在队伍前后来来去去，不断提醒他们保持队形整齐。接着，主持人宣布升旗仪式进行第二项：升国旗，奏国歌，全体少先队员行队礼。这个时候，我不再前后走动维持秩序，摘下用来遮阳的帽子拿在手上，转过身子面向国旗肃立。我的耳畔国歌声响起，我的眼前五星红旗冉冉升起，我把肃立的背影留给我的孩子们。我不确定他们中还会不会有人继续叽叽喳喳，小手乱舞，小脚乱跑，但此刻，我没有言语。我有很多机会通过言语来强化纪律，以此规范他们的行为。当国歌声响起，当五星红旗冉冉升起，我只剩无言的背影。

我们需要仪式。庄严的仪式里，行为的动力大于言语的动力。《小王子》里，那只聪明的小狐狸说：它（仪式）使得某个日子区别于其他日子，某一时刻不同于其他时刻。

最动人的仪式，是我曾经努力做过的一切，你最终都懂得。

我的学生们

  汪曾祺在《金岳霖先生》一文中写道:"一个人一生哪怕只教出一个好学生,也值得了。当然了,金先生的好学生不止一个。"

  我没有金岳霖先生那么大的派头,他是大学教授,而我只是一个从事基础教育的小教师。

  教书二十多年,有些学生毕业后从事着普通的工作,过着寻常的日子;有些尚在大学读书;有些现还在我身边读书……

  经常,都是看学生满怀深情地写自己的老师。那么,我也来写一写自己的学生吧。在我看来,他们都是当得起"好学生"这个名号的。好学生嘛,值得一书,或可给做老师、做学生的人一点启迪。

——引子

我的学生方琪

  方琪是我现在的学生,读三年级。

我做方琪老师的时候，她读二年级。小小的个子，圆圆的脸，乌溜溜的眼睛。上课的时候，她专注地盯着黑板看。我提问，她总是把手举得高高的。站起来回答问题，口齿清晰，落落大方，不忸怩，不胆怯。字写得端端正正。我接手那个班，很快记住她的名字，就是因为她写的字。每次改作业，翻到她的作业本，脑子里会迅速地过一下：哦！这是方琪的作业。

除了这些，整个二年级下来，方琪似乎并没有给我留下什么特别值得一写的地方。就是这些，也不过就是一个常规意义上的好学生的表现而已，无甚特别。

进入三年级以后，我跟他们更熟了。经过一个暑假，他们似乎也更懂事一些。而方琪，似乎又是他们中变化更大的一个。我们之间的交流也更多了。

新学期，班级配备了新的壁挂式电脑。电脑挂得有点高，每次开机，我穿着高跟鞋，触摸屏幕的时候，还是够得很辛苦。

方琪问："老师，你每天穿着高跟鞋，很累吧？"

"嗯，是有点累。但不穿高跟鞋，我更够不着电脑了。"

"老师为什么不弄个台子垫着呢？"

"我在哪里弄台子去呢？"

"做吧。"

"谁做啊？学校都没有。"

"我爸爸是打家具的，我叫爸爸给你做一个吧。"

我们说这些的时候是周五。到了周一早晨，我来到教室，一个崭新的木头台子就搁在教室里了。

方琪说："老师，我爸爸把台子做好了。爸爸说，怕台子的角会割伤同学们，所以都磨成圆角了。"

我蹲下身子，摸一摸被磨成圆角的木台子，对她说："方琪，你有一个了不起的爸爸。"

一个人,无论从事何种职业,懂得在职业中投入人性的关爱,这不仅仅是职业操守,更是职业美德。操守是底线,美德是可贵。

天气转凉,我穿得有点单薄,站在广场上值日。一阵风吹来,我不由得缩一缩脖子。一群孩子们围在我的身边叽叽喳喳,方琪也在其中。她问:"老师,你穿得这么少,冷吗?"

"嗯。有点。"

"老师回办公室去吧,办公室里暖和一些。"

我笑:"老师值日啊,必须站在这里。"

"哦!那老师待会儿回办公室去。"

我面上带笑,鼻子酸酸的,仰头看天。阳光也是有的,只是偌大的广场上晒不到太阳,阳光都被前面的高楼偷走了。但那一刻,一缕阳光的温暖流入内心。我用手摸摸她的头,岔开话题:"方琪今天梳的小辫子可真好看。"她羞涩地一笑,跑远了。

一个星期天,"悠悠亲子俱乐部"来学校开展活动。周一,方琪来跟我聊天:"老师,昨天的活动中,我发现管校长可真幽默。"

"那你以前发现管校长是什么样子的啊?"

"以前嘛,总觉得他很严肃。"

"是吗?他怎么幽默啦?"

"说话的语气啊,模仿的动作啊。总之,可幽默了。"

"你有这么奇妙的发现,那写写《幽默的管校长》吧。能写吗?"

"能。"

第二天,她拿着写好的作文交来。作文的前半部分,她生动地描写了管校长在会上幽默风趣的表现,神态、动作、话语,细致入微。更妙的是,在后半部分,她写了这样一段:

"还有一位家长问:'如果孩子在学校里受伤了,是怪学校,还是怪

家长呢？'

"管校长说：'在日本，家长要求学校带孩子出去玩。比如爬山的时候腿摔断了，家长一声不吭地把孩子带到医院去。'

"听了管校长的话，家长们都恍然大悟。"

她的文章就这样结尾了。

我问："你认为管校长的话是什么意思？"

"出了这样的事，不能总是怪学校。"

这是读小学三年级的方琪同学的理解力。

我的学生朱秀华

有一年教师节的那个晚上，手机里收到一条信息：老师，你上博客，看我给你准备的礼物。

我在新浪写博客多年，有很多学生进入那里。他们多半默默地看，很少有学生在那里留话。

经常进来看，并且会留话的学生，似乎只有朱秀华。其时，他上大学二年级。

我曾在一所农村初中待了二十年。朱秀华就是我在那所初中教过的学生之一。

教朱秀华他们那一届的时候，班上成绩优秀、表现突出的孩子们很多，像个性独立、成绩优异的华文伦（我将另文写）；内向文静的彭丽清；还有臧勇、纪凯、朱俊杰、江丹……朱秀华，算不上特别突出的一个，但我们之间的交流还是很多。这源于他写作的特别。他善于用活泼略显调侃的语气写作。记得有一回，他写历史老师，可真是活灵活现，入木三分，我把他的作文拿到班上读。但他的英语成绩不甚理想，似乎不太上路子。好在他作文好，数学成绩也呱呱叫，即使英语拖点后腿，在初一初二的时候,他的自信心还是很足。

升入初三以后,他们的晚自习由另外的老师辅导。第一次夜班模拟考之后,他垂头丧气地来找我:"老师,我语文不及格。"

"怎么回事?"

"作文写得不好。"

"不会吧。我看看。"

我拿过他的作文看,还是他一贯的轻松活泼的写作习惯。从我的角度看,文章应该还不错,但老师的判分的确很低。我心里想:阅卷老师是不是没仔细看,误判了吧。

于是对他说:"一次考差了,算不了什么。你的作文水平自己还不清楚吗?下次一定会考好的。"

他满意地离开了,似乎对我的话很笃信。

可是第二次、第三次,他的语文就没有考过高分。我也急了,生怕他会丧失信心。关键时刻,树立信心很重要。我再看看他几次卷子上的作文,判分依旧不高。心里不禁怀疑:阅卷老师是不是不喜欢他的这种表达方式。

我对他说:"老师很喜欢你这种风格独特的表达方式,有个性。但或许阅卷老师不喜欢,要不,你少一点风趣,多一点庄重?"

再后来,情况似乎好一点。

中考过后,他最终进了中意的高中。高中三年,我们几乎没有交流。高考分数揭晓的那个晚上,他给我打电话。那一次,我们说了很多话。

再后来,一直有联系。他填志愿,他念医科大学。第一回跟尸体接触,他恶心呕吐。他把很多开心或不开心的事统统告诉我。

他读大三那一年,我调入城区的小学了。要照顾儿子上学,每天早起。因此,每个晚上都早早休息。但有一个晚上,很晚了,手机里有信息进来,是朱秀华的。他写:读《红楼梦》八十八回,宝玉赞贾兰,李纨说，叔叔不过是爱惜的意思。想起老师当年对我说的那些，事不同，理却似。

那段日子，我几乎也每夜睡前翻翻《红楼梦》。但这一段我却没什么印象，读了他的信息后，我再翻翻看。自此，深悟赞赏别人或是得到别人的赞赏原都是深深的爱惜，情不自禁的。

没空继续在新浪博客写字，但有随手丢几个字的习惯，只好拿手机在新浪微博写。朱秀华也开通新浪微博，我们互相关注。但他几乎不写什么，倒是偶尔会在我的微博里留言。我们之间的对话，多半以短信或是微博留言进行。我们之间不再像师生的交流，更像是多年的老朋友。虽然，他每次说话都以"老师"开头。

行文至此，我想起汪曾祺先生的一篇文章《多年父子成兄弟》，那么有没有一种可能：多年师生成朋友。

但我做朱秀华老师的时候，说过的、做过的，好像都不太记得了。如何影响得他，对他有过什么特殊的教益自己也不记得了。这里只好全文引用他写在新浪博客的文章《教师节的礼物》，也即文章开头他信息里说给我准备的礼物：

首先，还是不能免俗地说一句："教师节愉快！"本来是想趁着这个节日拟一个感动自己并且可以感动别人的标题，可是却在这里犯愁了。姑且就拟这么个题目吧。反正我是你的学生，此类事情做得不好虽不能说明你教育的不足，到底也有某种内在的联系，所以要求你的原谅肯定也不是非常困难的事吧。

其实，自从我离开初中以后，我就一直在想一个问题：从老师那里究竟是学到的知识重要还是做人的道理重要。虽然后者在某种层面上也属于前者，但是既然谈到这个问题难免不把二者分开了成两个对立面。传统的认知是前者更重要，可是我越来越觉得这种观点不见得是对的。因为，从我自己的角度来说，你教书时的声音逐渐变得模糊，可是在课堂上讲的那些当时看来似乎是闲话的声音却没有因时间的过去而褪色。或许我的思维有点怪异，这些题外话我记得清清楚楚。

我记得你说过，一个卖鱼的老头每逢遇着你时都要称呼你为"小女儿"。别人对你说这是老头希望你能多买他的鱼。可是你却不那么认为，默默地接受了他善意的称呼。

我记得你说过，在积雪的过道里，你的儿子提醒你说："妈妈小心，地上滑！"你说你为小小儿子的那种发乎于心的关爱而满足、感动。

我记得你说过，儿子问当时正在剪枝的你，为什么要给树剪去旁枝。你说剩下的枝才能更好地汲取养分，更好地成长，结出更甜的果子。

我记得你说过，每次遇到擦皮鞋的下岗工人，你会请他们为你服务一次。虽然你的鞋子并不是很脏，或者你并不是很有空。因为，每一个劳动者都值得尊重。

我记得你说过，遇到街头乞讨的老者，你会从身上抓些零钱给他，纵然有旁人说，这是假乞者，你依然如故，不会因此而有懊悔。所以后来每次在街上遇到不能辨别真假的乞者，因此不愿施舍的时候，心底总是会有一些羞愧，总会回想起你说的话来，觉得辜负了你的教诲。

凡此种种，莫不是温馨的画面，是善良与感恩的回报。我经常对我的表妹说，如果我和她的初中班主任换一换，估计我和她都不会有今天的局面。我说一个老师能影响一个人的一生，而你的的确确影响了我一生的人生轨迹，并不是随口说说而已的。这些道理或强或弱地影响了我此后的思想与行为。所以，在很长一段时间里，我的理想是做一名老师。

很久以前看到过一则故事，大意是说退潮的海水把很多小鱼留在了海滩上。一个小女孩在海滩上一只一只地把他们送回海里。小女孩的妈妈就说这样是没有用的，根本就救不完，没有谁会在意一只小鱼的生死。可是小女孩却认真地指着手上的小鱼说，这只在乎，那只也在乎。我想我就是那只有幸被送回海里的鱼吧。你很小的一个举动，却影响了一只小鱼的一生。所以，请允许我在这个节日里说一句深深的感谢！

我的学生华文伦

华文伦现在中国科技大学读大四。

他从我身边初中毕业以后，我们就不再有交流。我所能想起的，是他在我身边读书的那三年。

他第一天来我这里报名，我就主动跟他多说了几句话。倒不是因为他的入学成绩是我们这个班第一名的缘故，而是在他读五年级的时候，我就认识他。

五年级那年，他参加中心学校组织的"爱国主义读书演讲比赛"活动，我是评委之一。他标准的普通话，矮小的个子，以及几分让人过目不忘的气魄，那次，我就记住了他的名字。而一年以后，他成为我的学生。

他在我的手下，做了三年的班长。

他的成绩一直是我们这个班的第一名，当然很多时候也是学校的第一名。我不接受别人的理论，不怕影响他的成绩，没有另选别人来做班长。

或许，是我有点懒惰。他做班长，我这个班主任能省下一百个心。我交给他或是学校召开的班长会议布置的任务，总是无须我参与，他就能尽善尽美地完成。

当然这些，不足以表现他的与众不同，或者彰显他的光彩。

他曾经跟随父母在福建读书到四年级，五年级的时候转回老家，寄住在外公家。他是一个实实在在的留守儿童，但通常意义上留守儿童的表现，比如自卑、内向、懒散、冷漠、成绩不佳……在他身上一无痕迹。

做他的老师三年，我一次也没见过他的父母。初一那年暑假，他的母亲回老家接他去打工的地方，他们一起来过学校看我，但那次很不凑巧，我恰巧全家去了北京。

再后来，了解他的父母、他的生活，都是读他的日记、作文，或者跟他聊天，也有他的姑姑或是外公什么人电话里说。

有一次，他借我的电话给姑姑打电话。他对姑姑说："姑姑，爷爷生病了。请您带爷爷看病，治疗的钱爸爸回来给你。"

寒暑假他多半一个人去父母那里，或是回来。不知道他的父母在福建的哪个城市，做什么，挣的钱多不多。出于理解或尊重，他不说的，我不问。但他的父母好像很少回来。他隐约地说过，父亲的腿不太好。在他的作文里，父亲是一个很有责任感、疼爱他的人。但我不能理解的是，他的父母怎么放心让他每次一个人坐那么远的车，而且还不是火车，是长途汽车。下了汽车，无论严寒还是暑热，他还要一个人背着书包、衣物走几里路，才能到达寄住的外公家。他每次从父母那里回来，会带上一个学期的生活费，不知道他的父母会给他带多少钱回来，但他的姑姑说，每次期末回父母那里，他总是能带不少的钱回来。

三年里，他的个子没怎么长。他身上的衣服永远整洁得体，都是他自己洗。初三的时候，他们住校。很多孩子一开始不适应，吃不好，睡不好，想家，想父母。只有他，仿佛很开心。家在很远的地方，父母在很远的地方，不用每天跑很多路到一个见不到父母的地方寄住，似乎更有利于集中精力来学习。只是别的孩子，隔一段日子就有父母来送点好吃的慰劳慰劳，看着他因辛苦或营养不良，略显苍白的脸，有点心疼。电话中应该是对他的母亲或者是姑姑说过这样的话：

华文伦这孩子，在初中，他边玩边学，也能上最好的高中。到高中，他的能力会更加显现出来，会超过很多人，但若没有生活上的照顾，他的身体或许会吃不消。

高中三年，关于华文伦的消息都是从别人那里获知的。高考成绩揭晓，他是那所学校那年的第三名，进了中科大，应验了我曾经的预言。只是，我不知道他的父母在这三年里，到底有没有给过他生活上的照顾？我牵挂的不是他的学业如何，而是无论多好的学业，青春期的孩子，营养的缺失是如何能用毅力来取代的呢？好在他的同学告诉我，他的个子长得很高。我确信，个子能长，营养应该不缺乏吧。但愿未来，他更好。

在他身上，若有什么让我感到遗憾的，那就是我们为人师长的、或是社会加在他身上的重负，让他过早地懂事，少了很多孩童的单纯快乐时光。

我的学生章艺梅

我做章艺梅老师的时候，二十出头，大不了她几岁。以致很多年之后，她跟我们的同事谈恋爱，同事来跟我说："章艺梅是你的学生，她一直记得徐老师。"他们结婚后，高挑漂亮的章艺梅日日跟我们相处在一起，我一点也记不起来她曾经的样子。

她说："老师哪里都能记得住学生，但学生会记得老师，尤其是喜欢的老师。那个时候，你是我们的偶像。大家聚到一起，谈论的都是你的发式、穿着，甚至你面上的神情、说话的语气。你不知道吧，有一回，你穿了一双白运动鞋，第二天，班上很多女生都买了一双。"

"有这么夸张？"

"当然。喜欢你嘛。"

"还有一次，校长欺负你，还是我去找校长理论的哦！"

"校长欺负我，我怎么不记得了？"

"有一天下午，你上课，课结束后，你坐在一个同学的位置上。你个子小，人也显得小，坐在同学的位置上，也就跟学生差不多。校长中午喝了酒，脸红红的来教室巡视，看见讲台上没人，就以为这个班没人上课。然后，在黑板上写了通报，说某某班的某某老师旷课。放学的时候，我看见这个通报，去找校长理论，说那节课是徐老师的，徐老师当时在班上，就坐在同学的位置上，你喝了酒进来，没看见而已。"

这么一说，我倒是记得确有其事，只是那个通报我看见就跟没看见一样，不理论，不辩解。我对自己不屑的事情表现冷漠，几乎是与生俱来的。还有，谁让那时我小，"文革"中盛行的那套，"大字报"、通报什么的对我没有造成任何心理阴影，吓唬不倒我。无知者无畏，大概也可以这么理解。我似乎记得那个通报不知谁写了，又不知谁擦去了，仿佛跟我无关。但我哪里知道我的学生章艺梅曾经为了老师的冤屈，小小年纪居然就敢跟校长理论呢？

读书，书里写一个老师为自己仅教给学生反叛的精神，而没有教给学生圆融与妥协，深表歉意。而这么多年，我教给学生的多是温和的态度去处理人事，是不是也错了？至少，在有关"通报"的这个事件上，我表现得还不如我的学生章艺梅积极。

我把这个问题拿来跟学生朱秀华探讨过。他回答得好：反叛还是圆融，无所谓对错，这要看每个人的悟性。

章艺梅说："老师，人可以接受任何批评，但不能被冤屈。老师，你那时教我们历史。历史关注真相。"

"历史是胜利者写的，很多真相也被掩埋。太较真的是政治，而生活是艺术，生活可以是诗意的，不需要太较真。"

我这样跟成年的章艺梅界定政治历史与诗意生活的区别。但我却牢牢记着她的话：人可以被批评，但不能被冤屈。后来，我在跟学生相处的时候，尽可能做到倾听他们的心声。一个老师，很难做到对所有的学生都公平，但至少不能冤屈。

第三辑　原香

阳光的慈爱

　　院子里，冬日的阳光温暖灿烂。就在刚才，我清洗了一些衣物，我把它们一一晾在阳光里，静下来，能听见细碎的水滴落在地面的声响。

　　还有，昨天下午打扫了一些水杉树的叶子，我也把它们晒在院子里。等到天气更冷，我生火炉的时候，就用得着它们了。晒在那里的水杉叶子，弥散着淡淡的气息。我似乎能感觉到，那已近枯萎的水杉树的叶子，在阳光里慵懒的呼吸。对，不是接近死亡的呼吸，是渐趋入眠的慵懒呼吸。

　　院子的外面，人家的被子晒在树干间。花花绿绿的，与草地相映衬，格外好看。草地上，两只狗在互相逗弄玩耍。这只狗的嘴拱一下那只的背，草地里打一个滚，翻身起来，假意撕咬一番，也用嘴去拱一下另一只的背。如此往复，不知疲倦。

　　昨天有风，今日风静天清。坐在屋内，低一下头，就看见阳光落在脚边。毕竟是冬天，阴影里依旧感到微微的凉意，缩一缩脖子，牵一牵围巾，却不肯挪到院子里一把椅子里晒太阳。

昨夜，我很久不能入睡。人当生而快乐，但我有被逼迫的窒息感。

夏天的一个日子，我关窗户，把一只甲虫关在玻璃窗与窗纱之间。甲虫在其间撞击，突围，我为此犹豫很久。打开玻璃窗，外面暴雨将至，甲虫将无处藏身。打开纱窗，让一只甲虫进入我的领地，我未必肯给它出路。后来，我想，我未必不是这样一只误入险境的甲虫。其实，我给过那只甲虫建议，不必徒耗心力，无所逃遁，不如安静下来，等候窗户的打开。

不能入眠的夜晚，我的眼前晃动着那只甲虫的身影，坚硬的外壳，柔软的肚腩。高竖的触角，仿佛能探知前路的苍茫。还有比之人类更多的脚，以及飞翔的翅膀。但总有些时候，再多的脚也无法用来爬行；再轻盈的翅膀，也无法飞向高空。后来，我缓缓入梦。梦里，我退化成一只小小的甲虫，带着坚硬的壳，在无人的阴暗角落处爬行。

此刻，躲在阳光的阴影里，还是被突然而至的明亮和温暖击伤。原来，习惯了冰冷，也害怕阳光。习惯了黑暗，也本能地拒绝明亮。阳光的影子一点点爬上我的脚背，再一点点爬上我的身。眼前的镜子里，我的脸在光的折射里不见一点瑕疵。实际上，一段日子以来，我显得万分憔悴，一颗颗暗斑悄然滋生。摘下眼镜，目光黯然无神。

电脑里，音乐若有若无。我随手点击鼠标，一个朋友写《一起享受冬天的阳光》。这个朋友，我知道他，他罹患尿毒症多年。他做不了多大的事情，但这一天，他请一位朋友去公园晒太阳。他的朋友是盲人，常年住在难见阳光的一楼。他扶着朋友，俩人一起过马路，下阶梯，迈水凼，他们在公园的一条长椅上度过一个温暖的下午。在这里，盲人朋友看见了红彤彤的美人蕉，看见了飞鸟，还嗅到芬芳的桂花香。盲人朋友为此感叹说：这不是桃花源，这是人间天堂。我在这样的感叹里，泪湿眼眶。

阳光是最温暖慈爱的神，她的手抚摸过的地方，万物清明。关了电

107

脑，收拾了书桌，我轻掩上门，走到阳光下。院子里，衣物芬芳，晒干的树叶愈发透着清香。草地上打滚的狗，来到我脚边，蹭蹭我的腿。我说：陪我走走吧。

爱上一杯茶

从中学时代起,我总要在看书作业的疲倦里,很奢侈地为自己泡上一杯茶。茶,解除了我的困乏,我也就一程一程爱上它。

寒冷里,捧一杯热茶,读一本厚厚的小说。茶淡了,杯凉了,人也倦了,可一段阳光灿烂的午后时光,就刻在了心灵的底板上。

花开时,新茶上市。斜倚洒满霞光的窗前,一杯新鲜的绿茶,一段无边的思绪,让每一个未知的早晨,格外灵动,格外清爽。

炎热中,沏一杯清澈的绿茶,执杯、凝视,一片片茶叶在水中,缓缓舒展身姿,心中却充满宁静。啜饮一口,消解了暑气和焦渴。

秋风起,在脉脉斜阳的余晖里,雁群高飞,黄叶飘落。一点愁怀,一点感触。开了灯,铺纸执笔的瞬间,一杯热茶悄然放在手边。为着这一刻的心有灵犀,回首,笑容在对面的壁镜里绽放。

能够安静地读书和写作,是一种奢侈。平常夫妻,有粗茶淡饭,就是幸福。

都市小说里的女子,会爱上咖啡的浓郁。她们的写作,也许是在一杯又一杯的蓝山或者卡布基诺里完成的。那样的女子，在我的思维里演绎成异域的风情，而终究不是我要靠近的。我需要保持清醒的状态，茶就够，而且够奢侈。

总觉得，茶就是一名简约低眉的女子。高山之巅，沐夕雾，饮朝露，汲日月精华。走出深山，在一杯沸腾的水里舒展的，已是最后的容颜，可谁能不为那样的舒展动容？苏轼有诗云"从来佳茗似佳人"，真是绝妙的比喻。

红尘中，几许烦忧，几许纷扰，点滴往事，数度寒暑，阴晴冷暖的变化里，需要有一些娴静的时光，可以捧一杯清茶，看兰芽玉蕊，枝舒叶展，浮沉舞蹈，千姿百态。任时光的脚步悄然而去，却是幡然悔悟，花开花落里的从容和淡然。热气氤氲，清香四溢，唇齿流芳。它懂我的沉默无言，我爱它的浓淡相宜。

做一个安宁的女子，爱上一杯茶的平常和温暖。

爱上茶，心在一份美好的古典意蕴里沉醉。

睡在书页里的蝴蝶

小时候，跟父母去田里割稻，是心怀喜悦的。六月的艳阳里，丝毫感觉不到累和苦，只因为，喜爱那些在稻茬间飞舞的蛾子。那些旁若无人的蛾子，扇动着小小的、洁白的双翅，阳光里、稻茬间，一群一群地飞舞，虽说没有色彩斑斓的翼，可是一样地吸引人。

"破茧成蝶"是我那时在书上读到的、最美的词。破茧，是一种挣扎的痛。羽化成蝶，又是一种多么耀眼的美丽，哪怕轻舞飞扬也只是一瞬。还因为，奶奶给我讲梁、祝的故事。懵懂的认知，觉得梁、祝的灵魂化着双飞的蝴蝶，真是极其温暖，极其诱人。比之《聊斋》里，书生窗外的、那只孤单的狐要好很多。化着狐，鬼魅有余，温情不足，而况人、兽之间已是两重天。

再后来，读《孔雀东南飞》，"中有双飞鸟，自名为鸳鸯。仰头相向鸣，夜夜达五更"。重复的情节，也没有带来阅读上的疲劳。心里想：到底是没有冤屈的情。爱是浓情地爱过，纵然短暂相依，化着双飞的鸟或者蝶，就是千万次来世的约定。

青涩的年华里，学业繁重，我不敢有半点分心。收到过言语暧昧的纸条，意味深长的新年贺卡，那些东西一概被我弃之不顾。秋天，一个风渐冷的日子，同桌的女孩递给我一本书，说是她哥哥让转送给我的。书，正是我那时喜欢的、席慕容的诗集——《七里香》。我想，不能无缘无故地接受馈赠。但同桌的女孩是我唯一可以谈得来的朋友，不忍让她在最好的朋友和哥哥之间为难，就收下书，说："代为谢谢你哥。若我有一日出了书，一定好好地谢他。"那些话语未必是狂妄，应是以一个遥远的、不可企及的目标，作为不回应的借口。

那本《七里香》，我无数次地翻阅过。席慕容温情的诗句照亮过我暗淡的岁月。那本书的封面是很考究的，多年以后的一天，我发现封面的皱褶里躺着一枚书签。

一只美丽的蝶张开双翼，安静、生动地被压在透明的玻璃纸里，成了细致、精巧的蝴蝶书签。

那一刻，我心微动，眼里潮湿。只是时光已经走了很远，一切就只是那只睡在书页里的蝴蝶，静静地，没有声息。

为了梦中的橄榄树

夏天的夜晚，墨蓝的天空，星星眨巴着亮晶晶的眼睛。我和姐姐睡在凉床上，我们的眼睛里，充满了对于未来不可知的探索和企盼。在蟋蟀的轻吟里，姐姐教我唱《橄榄树》："……为了天空飞翔的小鸟，为了山间轻流的小溪，为了宽阔的草原，流浪远方，流浪，为了梦中的橄榄树……"

那一年，姐姐十五岁，我十二岁。

我们几乎天天唱着这首歌，喜欢那个叫齐豫的歌手，和写这首歌的三毛。在镇上的书店买回《雨季不再来》《撒哈拉的沙漠》《万水千山走遍》《哭泣的骆驼》等等。其实，念小学的我是不懂什么的，因为姐姐喜欢了，我也就喜欢。觉得自己的格调自然比同学高很多，因为他们看金庸，看琼瑶，唱《童年》，唱《月亮代表我的心》。

每次课间的时候，我独自一人在一个角落，哼着那首《橄榄树》，读着三毛的书。落落寡欢里，我的内心是快乐的。流浪的生涯让三毛特立独行，我对她充满仰慕和好奇。她这个弱女子，顶着异域的恶毒太阳，独走天涯，忍受着陌生环境里一个又一个长夜的冷寂。她流浪、写作，孤独但诗意地生活。

而我和姐姐去得最远的地方，就是临镇的外婆家。我们看到的、最美的景致，就是无边的稻田，和门前那片幽深的大叶杨林。很多时候，我们想看看树林里有没有像童话故事里那样，住着美丽的白雪公主和她的七个小矮人。我们说，"熟悉的地方没有风景"，必须像三毛那样，不断地行走，不断地体验，人生才是丰盈而充实的。

每逢星期天，我和姐姐去河里捞水草，抬回来给猪吃。这一天，捞完水草，我们没有像往常那样就急着回家。坐在寂静无人的河岸上、晒着湿了的衣服，姐姐说：妹妹，你的功课好，你好好读书，争取考上中专或师范，就可以替爸爸妈妈减轻负担了。

因为还有弟弟和妹妹，所以父母亲格外的难。可我对姐姐的话似懂非懂，我问："那你呢？""像三毛那样。"姐姐一脸的果敢。我眼睛一热，想哭。但是能够被姐姐当作一个懂事的人看，我却很开心。

若干年后，姐姐真的远离了家门，篇篇文章伴她从江南到江北，到更远的北方。

读中学后，我功课仍然好，老师还把我的作文用毛笔抄好，贴在小镇文化站的墙报上。但我对功课不敢有丝毫懈怠，也不敢用大段的时间来读三毛。写作业累了，我情不自禁地唱《橄榄树》，但克制着内心对于远方的渴望。海洋、孤岛、沙漠，它们无数次在我的梦里纠缠。一并纠缠的，还有那个穿着牛仔裤、手指间夹着烟卷的女子。

我终于考上县城的师范学校，除了上课，我去得最多的地方，是孤独地立于小山坡上的老楼。那是学校的图书馆，有当时我所能知道书名的所有藏书。流连在那一排排书架间，听着自己踏在木质地板上的脚步声，我有着从未有过的安宁，我喜欢那栋古老的楼里所散发出的一切气息。

一个冬天的清晨，雪花铺天盖地，我照例缩在被窝里懒得去早操。但这一天的早操音乐没有像往常那样响起，而是一个低沉的男声播了一则新闻：1月4日，台湾女作家三毛在浴室自杀。然后，音乐响起，《橄榄树》，仍是齐豫的歌声。可是，那个早晨，我彻头彻尾的寒冷。内心坍塌下来的，还有多年堆积起来的热爱。

爱是一重体验，痛也是一重体验。我给姐姐写信，说我心中的困惑和犹疑。我说，为什么像三毛那样爱着所有值得爱的人，她怎么可以不爱自己？

我们曾经在三毛的影响下，做着一个美好的梦，橄榄树铺满一路的梦。努力、坚韧地生活，清澈的目光穿过无数陌生的背影，看飞鸟和天空，一直看到遥远的、蓝色的海洋，像海洋和天空一样蓝色的忧伤，以及寂寞的爱。

我回到乡村，做一个平静而朴素的老师，我读书、教书、写字，简单而明快的生活里，我还是会读三毛的书。她写一个人的夜晚，因为疾病睡在血泊中不能动弹。直到有一天，我像她一样，在那样的夜晚，因为相似的疾病，想着她曾经读贾平凹的书，她说"与您的文笔最有感应，看到后来，看成内心的孤寂"，我知道，有人真的就可以是你一辈子的跟随，以不同的方式。

静静的夜晚，再轻轻唱起熟悉的旋律。我对自己说：橄榄树是坚强，生命，希望，也是爱。那些像水草一样清新的日子，仍在心里蔓延，生长，缓缓入梦。

约会春天

早晨出门，经过一座小桥。

水里，一群毛色鹅黄的小鸭子，游过来，又游过去，把一泓静静的碧波划出清浅的水纹。嘎嘎嘎，那是小鸭子快乐的歌声。禁不住停了脚步，望过去的眼睛里就藏了渴慕。

黄昏的时候，绕长堤走了一圈，意犹未尽，一直走到河滩上。在密密匝匝的草丛里，我寻找芦蒿。一种香气纯正、口味纯正的野菜。从草丛里寻来，一根一根摘了叶子，洗尽，炒熟装盘，端上餐桌。

春天的每个黄昏，我都来这里，在青草的气息里，有一点点迷醉。我对春天仅有的一点印象也就在这里，像芦蒿的那一缕浓浓的香味，像草地一样湿润的抚摸，以及斜阳落在村庄背后，留下一张红红的脸，羞涩，温暖。

安静的夜晚，手头是一本最新的《十月》，扉页里有一幅王沂东的油画，《约会春天》。青春气息逼人的女孩儿，坐在雪地里的树干上，穿着大红的袄子和裤子，偏着脑袋、编着她的黑发。她的身后，雪是纯洁的微笑，天使的笑。比雪更纯洁的是女孩的眼神，柔和地落在面前。

她的面前，就是触手可及的春天。

我看着女孩无邪的眼神，触到她柔嫩面颊的手指是如此生硬。我没有碰疼你吧？妹妹。我轻呼而出的声音却碰碎心底的痂。感到疼，阵阵侵袭，割着每一寸皮肤。

这个夜晚很安静，少有的安静。开了一点缝隙的窗口里，飘进一缕模糊的夜气，夹杂着桃花初开的味道。妹妹，只是因为碰到你的目光，我的心里就有了疼痛的感觉。我粗糙的手握不住任何东西，很多东西都像流沙，从指缝间漏下。

油画里的妹妹，你的春天如期而至。可春天真的像你一样的美好和安宁吗？我不知道，在鲜艳的春天里，有谁内心晦涩？此时，林姑娘正在对花洒泪；宋人也在词中写，"和羞走，倚门回首，却把青梅嗅"。

油画里的妹妹，春天离我很近，而我离你很远。

猎书

　　黄昏，夕阳的余光慢慢在窗前的树梢落下。合了书，起身离开书桌，经过那一整面墙的高高书架前，目光扫过那些书脊。

　　时光一如丛林，猎书无数。

　　那一本破旧的《红楼梦》，是第一次去省城，某个不知名的书店中所得。硬纸板的封面，内里文字却出奇的小，纸张脆而薄，印刷粗糙。床头放了二十年，翻了二十年，熟悉到无论想起哪个情节，随手一翻就是。后来，又买了一个新的版本，字号大，纸张质地温润，不知道为什么总是翻得不顺手。究其原因，是版本陌生，内容无别，熟悉的内容却不在固定的位置。就像很多年后街头遇到的那个甚为熟悉的身影，人依旧，音未变，三言两语中，却发现彼此不合拍，隔膜得很。若人，像一本深厚的书，时时摩挲，大抵也能常读常新。

　　一套并不完整的上海辞书出版社的《中国文学鉴赏辞典大系》占据书橱的很大一部分位置。书厚，书多，耗资不菲，十几年来从各个地方陆陆续续聚集于此，也并不是读得勤、读得愉悦的那一类。但总有些时候，心浮气躁，感觉胸腔里空了那么点的时候，需要翻开它们来读，《唐诗宋词鉴赏》《古文鉴赏》等，读一读，定定神，慰慰心，几乎屡试不爽，其他任何读物不可替代。大抵像个猎人，久无战绩，站在昔日打下的猎物毛皮之下，似能回味往日的雄风。

猎书的过程中，因为喜好，寻着一个人名搜尽所有，不像是一个读书人的正常做派，倒似烟火尘世中的食客。看谱点菜，难免不被"名"误。好在醒悟得早，撰文提醒自己，这是"少年时读书，好高骛远，多、杂，囫囵吞枣，被人名、书名所累。人家谈论谁谁的书，若没读过，插不上话，甚觉羞惭。回头，一定要去补回来才好。读书，也就如一些爱装点门面的人，没几套叫得上名号、拿得出手的书，似乎就够不上读书人的名头。年岁渐长，才发觉，要读的书不过就那么几部。翻来覆去，读几年、十几年，还是舍不得放下，仍甚觉有味。一如这一段人生下来，吃过的菜、听过的歌、遇到的人，能存于心底的，少之又少。但转念一想，若没有少年时期狂热的涉猎，去芜存精，怕也建立不起爱好与趣味"。少年时期的做派，做了也就做了，算不了什么，好坏自有更正。

猎，新奇与占有的心理如是。环保时代，丛林狩猎就罢了。猎人，要点资本。还是猎书吧，谁是谁的猎物还不定呢。也或者，人间一日，书中千年，甚似神仙。

书，最重的礼物

平生获赠的最多的礼物，几乎都是书。

少年时期，有位朋友，先是不远不近地交往、书信。后来，他去外地，有机会逛大城市的书城，他搜罗我们的小镇难得一见的各类书籍，一律买两本一样的，一本给自己，一本寄给我。尘世中讨生活，各自在忙碌里渐渐疏远了点。每每书架前找书，翻翻那些他写了赠言的书籍，还是格外亲切。人不见，谊却在，书页间温暖如风。

有位杂志社的编辑，编发过我的作品，一来二往，不曾谋面，却是字里相熟。她在邮件里说：我在这里一年，就会给你寄杂志一年。文学盛景不再，纯文学杂志举步维艰。他们的杂志，即使名头大，订阅量大抵也是靠着种种支持在撑着的，但她给我一寄好多年。

还有一位出版界的朋友，说是朋友，也不过文字里面结识。他听我的朗诵，喜欢我的声音。他写诗，找我朗诵他的诗歌作品。他的诗好，我做得也很用心。背下来，录音，配乐，制成音频文件发给他。朗诵是爱好，遇到适合的作品，用声音诠释一遍，对于自己来说是一种挑战，也是一种享受。无须他的感谢，若要感谢，似乎我该感谢他提供作品才对。但他不然，一心致谢。我们的节日前夕，他特意嘱咐，问我喜欢哪类书籍，他要寄自己编辑的书给我。因文字结识，他编书写诗，我读书写字，我们之间哪里还有比书能更好地承受这份情谊的载体呢。

网络购物盛行，我却不太会。搜寻一些书，遍寻书店无果。跟弟弟一说，他给我当当网账号，我把所要的书放进购物车，他登陆下单。喜欢上阅读心理学书籍那段日子，我一次性在他的购物车放进十几本心理学方面的书，满满一箱子的书送到家。

弟弟自己也爱读书，有一个买书这么奢侈的姐姐，他大抵也能接受。金银首饰，华服霓裳，于我似不相宜。过年或者节日，弟弟给我发红包，我不点，二十四小时后被退回去。

物物所归，相宜即重。

独处的空间

有位朋友公司搬家了,他说新办公地点离家很近,走路五分钟就到了小区门口。我说,那多好,少了路途颠簸。但他说,有时下班并不想立刻回家,想一个人走一走。

我能明白,并不是简单的走路锻炼,而是要一个人逗留在途中,慢慢走,在车流人流里独自辟出一个空间来,用来释放一天的紧张、忙碌,也用来安放灵魂。

公众号上,有个作者写朴树:"你想了一下自己的生活,体面的工作,稳定的收入,支持你的家人,善解人意的妻子,可爱懂事的女儿。

"可是,你却和很多人一样,有时候在回家之前,在车里坐十分钟,抽支烟,才有勇气走下去。

"因为推开车门,就是父亲、老公、同事、儿子。"

曾经的朴树,只想自由地唱歌,纯粹地做音乐,可以任性地不想考大学,不能违背北大教授父母的意思也考了大学,还是可以任性地不好好念书。但那是少年朴树,这个时候,朴树人到中年,他除了是那个唱歌的朴树，生活里他还扮演了很多角色，父亲、老公、同事、儿子。他像无数这个年龄的男男女女，在尘世里渴望有一个空间用来躲避人群。在那个空间里，不用看别人的脸色，只需独自面对内心。

平生不爱任何动物，小猫小狗一律嫌恶，但不排除安静地观察过猫狗的样子，狗就不说了，几只狗在一起太闹腾。幼年时期，家中仓房里多老鼠，没见过家里养的猫逮过什么老鼠，倒是能时时看见那只肥猫坐在某个墙角处，晒着太阳，伸出爪子一遍又一遍地洗脸。猫似乎不太能群居，高冷得很，尤其它洗脸的时候，像我们人类独处时打扫内心的样子。

办公室里，几个年轻的同事是只比儿子大三五岁的九零后，偶尔聊天，我说：到了我们这个年龄，不再畏惧任何人际交往，怕的是没有一个安静的空间用来独处。她们大概会说，我们才不要独处呢。

下雨的周末，我们不出门，先生靠着他的沙发，看"打鬼子"的电视，枪声大作，喊声震天；或者，他也不看电视，在手机上读官场小说，走路的时候，他还能大段大段地说官场段子。

我常常坐在书房的桌前，半掩房门，翻自己的书，《红楼梦》《枕草子》、唐诗宋词、清人笔记……什么离手头最近，就翻什么。也有时候，突然读到什么，联想起其他细节，起身去书架前再找一遍相关书籍。比如读《千家诗》，读到蔡确的那首《夏日登车盖亭》："纸屏石枕竹方床，手倦抛书午梦长。睡起莞然成独笑，数声渔笛在沧浪。"遂想起，就是这句"手倦抛书午梦长"，南怀瑾先生在他的《〈论语〉别裁》里借用这句写过"宰予昼寝"。《千家诗》就此是再读不下去了，把《〈论语〉别裁》那段翻出来再温习一遍。还有《红楼梦》六十二回里，那个率性的湘云，大观园中行令猜拳，醉酒卧于石凳子上，众人看她时，"香梦沉酣，四面芍药花飞了一身""一群蜂蝶闹嚷嚷地围着他，又用鲛帕包了一包芍药花瓣枕着"。

人之一生，三分之一的时间是在睡。纵观文学，把睡写得这么入心的，蔡确算是其一。都道曹公笔法奇特，红楼众儿女莫不鲜活，论及湘云，此一节最是动人。但难保曹公不是受了类似"手倦抛书午梦长"这些的启发。就像此刻，我写到这里，还想起某篇文章作者引用普鲁斯特的一句话：每个读者只能读到已然存在于他内心的东西。书籍只不过是一种光学仪器，帮助读者发现自己的内心。

最适合安放灵魂的地方，是一处不为人侵扰的空间；

最适合面对内心的地方，是隔开尘世的喧嚣独处的空间；

最适合发现内心的地方，是择一处安静的空间，书中游历。

尘世谋生，群居不易，独处尤难。

我写完这些文字，黄昏早已从我身边溜走，窗外灯光闪烁。若天无阴云，一弯新月也该爬上楼头，疏离寒凉地看着人间。所有这些，看得见，看不见的，都不过是独处里，灵魂折射的光芒。

生如夕颜

　　一天里扫很多次地，也还是扫出一根又一根的长发。就是摘了眼镜，也能看得见那些青丝缠绕着，与些许灰尘、半张废纸一起，触目惊心地躺在浅色的地板上。青丝散落，一如枝头秋叶的枯萎。

　　红颜弹指老，留也留不住的刹那芳华。

　　做完家务，拿磨砂膏细细护理一遍粗糙的手。在哗哗的水龙头下，想起中学时候的历史老师。老师那时三十来岁的光景。有一天，她来上课。我心思游离，游离的目光落在她翻书的手上。是初冬，她的手背粗糙，看得见的纹理里还留着未洗净的污垢。心底替老师生出无限感慨。很多年后，先生摩挲着我的手，对我说："第一回认真地看你，是在一次校会上，黄昏的阳光落在你的手背，闪着好看的色泽。那时，我就想，要好好地把那双手攥在手里。"其实，他已不常记得攥着我的手了。左手握着右手的时候，忍不住叹息。忽一回，他大醉。打一个呼噜，翻身攥了手，仍旧沉睡。醒来，觉出手臂麻木，也舍不得抽出手来。

　　落雨了，是细细的秋雨，冷且潮湿。着一件粉色的绉纱上衣，纯白的棉布长裤，一双浅紫与白色相间的达芙妮鞋。这样的装扮并不太适合这个阴雨的天气，水泥地面上一处积水，小心翼翼地拎了裤脚走过，还是有几点水渍沾上鞋面。进了办公室，拿面纸擦一回。

天气不够亮，心情也说不上晴朗。穿一回鲜艳的衣服和鞋子，不去顾念周遭的环境，是任性也是赌气。女同事说：粉色是浪漫。二十岁的时候，粉色未必入得了眼。一件黑色的针织衫，从初秋直穿到霜降，生生把凝重、高贵的黑色，穿出深深的落寞与孤寂来。年轻的容颜，就是落寞和孤寂，也挡不住几分可爱，淡淡的粉色反倒显得轻薄。不知道女同事能不能看得见，此刻的粉色，悄然化解着暗淡容颜里的坚硬，且添一缕柔和。

网络里闲逛，无意中闯进一位故人的网页。他写：伊人，初中同学。二十年前的伊人成绩特好，尤其文科。那时，心里偷偷地喜欢伊人。为什么喜欢？不知道，喜欢就是喜欢，没有来由，也许那就是爱，是初恋。一直没敢表白，上中专后没有和伊人联系，喜欢伊人的希望之火好像熄灭了。偶然的一天，伊人师范的一同学在我所读中专有同学，伊人同学给其同学的信里捎带夹着伊人问候我的便条，短短十几个字。收到便条，我狂喜，偷偷地反复看，仿佛在黑暗中看见一丝光明。现在想来，那应是我三年中专生活最快乐的一件事。

我就是那些文字里的伊人。只是在这之前，我从不知道，因为短短十几个字的问候，曾经让少年同学的心中揣满快乐。经年之后，他还是温馨地忆起，没有幽怨，没有遗憾。若能在人海里遇见，我会微笑着告诉他：我的孩子刚上中学，你的孩子要小一点吧。我们老了，但我们的孩子像我们当年一样单纯，能够让他们快乐，多过让我们自己快乐。

累了，倦了。抱一本书，沙发里发呆。一抬眼，瞧见孩子台灯下做功课的侧影，凝思的面容，光滑的肌肤，嘴角上扬，笑意微露。

因为孩子，世界才如此优美，如此让人眷念。

日本小说《源氏物语》里有一个女子,叫夕颜。夕颜,日语里的花名,中文即是葫芦花。葫芦花,黄昏开,次晨败。小说里,那个名叫夕颜的美好女子,被源氏公子带去一个院落,只享一夜恩宠,遂猝死。此后,源氏每每念及。

生命无不如此短促,一如夕颜。

秋天，去看栾树

　　小城很美，一年四季花香缭绕，草木葳蕤，最美的还是那些树。在那些美丽的树中，我喜爱栾树，尤其是秋天的栾树。

　　在小城，栾树算是舶来树种，以前并不曾见。我对所有的花草树木抱有好感，遇见不熟识的，也会费尽心思查询。

　　初遇栾树，是在小区。初秋时节，微微细雨中，站在阳台上，看楼下绿树葱茏。但见几株树木的树冠之上，一树是一簇一簇亮灿灿的黄，另一树又是淡淡的红。那黄的、红的部分似叶，但有别于树叶的形状。不是像红叶石楠那样，树梢末端的新叶是火红的色彩，但形状是叶，只是新叶与老叶之间色彩有别。似花，徒有花的色泽，却并无好看的花蕊。

　　久久看着，到底离得远，看不真切，还是陌生。

　　后来，网络里四处闲逛，看到人家拍的图片，配文，方知那是栾树。

　　回到阳台上，再去好好看栾树。原来，那一簇簇亮灿灿的，是栾树的花。而那已经透着淡淡红色的，却是它的果。

　　看的次数多了，竟是有了奇妙的发现。

栾树开花、结果，并不是于浓绿叶片之中，藏着花朵。如广玉兰，花朵硕大，洁白耀眼，可惜了一朵美艳的花，在绿叶之下藏着掖着，总觉得不漂亮。而栾树，总是初秋了，秋风瑟瑟，秋雨微凉。方急急忙忙地抽薹，直到锥状花束高高矗在枝头，方才开花、结果。

有时，一树之上，这一枝是亮灿灿的花，那一枝是红艳艳的果。

一朵朵花，花朵较小，并不见稀奇。可是一朵朵花，都挤在一枝花束上，看过去，就显得雍容华贵。

它的果，更奇。相比之花朵的小，一颗颗果倒是漂亮得不含糊。三角形卵状的果齐刷刷高挂枝头，红艳艳，像满树挂着一串串小灯笼。初结的果，起先也是浅浅的绿，尚分不清是花还是果，转眼变红。花期不长，硕果初结。一树之上，或许黄的、绿的、红的色彩都具备了。

所以，看栾树一生繁华，只在秋。

等到秋风紧了，叶落了，那一串串的果变成暗黄，挂在枝头，成熟的籽粒从裂开的荚中掉落到地上。籽粒落尽，只剩下空空的荚，在呼呼北风中寂寥地抖动。

我看栾树，仿若看人。

一声惊奇，一声叹息。

茶香女人

好茶都是长在高山尘世之外的。

千年名茶"雾里青",其生长地就在皖南山区仙寓山。那些完全处于野生状态下的茶树,终年与阔叶林、野花等植物相拥相伴,和谐生长。受山区小气候的影响,这里山谷水汽蒸腾而形成的云雾,一年之中竟达二百天之多,茶树萌芽期正值雨雾天气最多之时。由于受云雾的滋润,加之花香的熏陶,从而造就了"雾里青"茶叶的独特品质。

一间幽静的茶室,一张古旧的藤椅。掩帘而憩,隔喧嚣尘世于门外,沏一杯"雾里青"。缕缕的白色雾气上升,独特的清香弥散。举杯而视,但见茶色青碧透明,根根茶芽饱满秀挺,直立杯中,上下浮动,是亭亭玉姿,是袅娜美态。饮一口,滋味甘醇,润肺清心,

饮茶的过程,如同滚滚红尘中遇见那个清纯脱俗的女子。

她素面明眸,裙裾简约。人群里,不高声语,也不哂然,是亲切的容颜,体贴的微笑。她在,是柔风拂面的舒爽。她去,是落日余晖的暖意。伴她行走,日月疏朗,天地清明。瞥见她独行的背影,有落落之风,

却无寡欢之态。她或许路过篱笆旁，身上沾染着栀子的香气；也或许采摘草滩野菜，指尖余留芦蒿的香气；还或许，她刚饮过一杯绿茶，唇间仍留一缕茶的香气。

她就是茶香一般的女子，她在俗世之外，得天地之精华。

她早已不年轻，岁月的磨砺在她的脸上刻上一道道痕。像名茶"雾里青"的诞生过程，总要经过抖、带、挤、甩、挺、拓、扣、抓、压、磨十般手工工艺，经过三十七道工序，才能最后完成。成型后的"雾里青"，要进行手工分捡，剔除叶片，只留一个个青翠多毫的嫩芽。而她又何曾不是在时光的过滤器里，悄悄打磨掉那些尖锐的棱角。但她如茶，遇水开花，香气弥漫。

国外有一部浪漫的电影，《闻香识女人》。剧中的中校，能毫不费劲地分辨出女人使用的各种香水，甚至是香皂。那是在国外，他们不知道中国的传统中，茶香是上品。好的女人，都是茶香一般的女人。

请你来到我美丽的皖南，我将为你奉上一杯千年"雾里青"。或许，还能遇见她，茶香一般的女人，她们都将使你永远难忘。

原香

家藏一些国产红酒，品质好不到哪里去。凡俗如我，还来不及去补品酒的功课。见多才能识广，我也还够不上分辨红酒优劣的水准。只是睡前，小饮半杯，刚好肌肤稍热，面颊微红。

忽一日，饭后觉得嘴里的鱼腥味太浓，就及时漱口刷牙，细细清洁一番，后又饮了两杯绿茶。临睡前，倒酒饮下，只觉得酒味比之往回滋味绵长。细想，酒还是同样的酒，只是今晚的口腔格外的清洁，品得酒的滋味才是原香。

红酒本身自有原香，万物皆有原香。

女人都有长发情结，丝丝长发为君留。哪怕梳洗打理麻烦，也还是愿意让这样的麻烦缠身。

这天，一袭黑色长裙，自认为形象不俗。怎奈镜前梳理头发，总有一缕很乱。索性一根簪子，把长发盘起。惊见，一张素净的脸。再站到那位的面前，仰一仰脖子，眨一眨眼。他面露微笑：啊，今天，你好像很美。

我相信，至简之处，必有至美。

小时候，村庄里家家门前都一棵栀子树。端午的前后，纯白的栀子开在绿叶中，仿若出浴的美人。母亲那时梳长长的麻花辫，发丝根根服帖。我的眼里，母亲是美的，洁净的美。她拿一朵带露的栀子插在头上，出出进进，都携着缕缕花香。

有一位书法界的朋友。他的书房里，除却一张大大的桌子，别无他物。开了明亮的顶灯，他全神贯注，笔端流云。那时，只听得他的呼吸，我深为那一刻的宁静动容。

生命原都是如此之美。贪婪，虚荣，奢华，失去原香。

爱情原也是如此之美。追逐，猜疑，嫉妒，失去原香。

我愿意以本真的面目独立于世，品万物原香。

恋上楝树

小时候，屋门前长着一棵亭亭玉立的楝树。那年月，没什么漂亮的花儿可见，不过梧桐啊，栀子啊，菊花什么的。

其时，镇上的书店里，正热卖琼瑶、席慕容的书。我买过一本席慕容的诗集，喜欢上那首《一棵开花的树》：

"如何让你遇见我 / 在我最美丽的时刻 / 为这 / 我已在佛前求了五百年 / 求佛让我们结一段尘缘 / 佛于是把我化做一棵树 / 长在你必经的路旁 / 阳光下 / 慎重地开满了花 / 朵朵都是我前世的盼望 / 当你走近 / 请你细听 / 那颤抖的叶 / 是我等待的热情 / 而当你终于无视地走过 / 在你身后落了一地的 / 朋友啊 / 那不是花瓣 / 是我凋零的心。"

我每每读得泪眼婆娑。窗外，正是梧桐花落，楝树花开。一朵一朵细小的粉紫花朵，缀了满树。一棵开花的树啊。比之梧桐更美，梧桐花儿未免太招摇了些。能做一棵开满花朵的楝树多好啊，花香不浓，花色不艳，素净的，内敛的，真美。正是一腔欲语还休的少女心事啊。

再遇见楝树，是多少年后了。

有一回，在人家的屋前见过一株不大的楝树。瘦瘦的干，疏朗的枝，修长的叶。还是那么美，一如少年时期初见的模样。我对身旁的那个人说："能不能找人家要了来，我们栽在院子里。"这想法，类似于时下的一些八零、九零后美女们，动不动霸着人家的丈夫，还振振有词曰：我爱他啊。其实，这么任性的话，我一说出口，就自觉不对。哪能呢，即使是对一棵我喜欢的树，也不能。

再然后，是暮春时节，坐车外出，看见道旁盛开着粉紫花朵的楝树，呀呀惊喜。一车人，在蓦然的呀呀声里惊愕。都扭头朝窗外看，能看到什么呢。不过荒芜的田野，只那么一株楝树罢。此刻，也模糊了，不见多美。后来，还是多次坐车经过那棵楝树，仍勾去多少留恋的目光。

这一回，散步至秋浦河圩堤，那人忽言："你看，楝树。"已经不是少年时期的羞羞答答，心里的欢喜定是日日挂在嘴边，念叨个没完，直念叨到人家耳朵起茧，心里时刻提溜着。要知道，曾经欢喜到要霸占人家的树。这在漫漫长堤上遇到一株楝树苗，岂肯错过。暮色昏暗，看不分明。拨开草丛，蹲下去，还真是楝树。那人自告奋勇，捋袖捋臂就拔："带回去，给你养着。""拔不动的。明年春天再来挖回去吧。"

蹲在草丛里，看小小的楝树苗，摸一摸茎，捋一捋叶，说不出的欢喜，却突然地不那么想急切地拥有了。直起身来，细瞧瞧，居然又发现几株楝树苗。看看，一件久久盼望的东西，突然就这么盛大地来到面前。谁能说不是合适的遇见，恰当的缘分。

婚恋节目里最常见这样的对话：我们为什么会爱上一个人？答：爱上一个人很简单，就是遇见。别死缠着我，问，为什么恋上楝树？爱没有理由，不爱才有种种借口。

我看见风

一次听课，老师在黑板上给孩子们出了一道谜题：解落三秋叶，能开二月花。过江千尺浪，入竹万竿斜。

其实，这哪里是一道谜。

这是唐人李峤的诗，老师故弄玄虚，隐藏了诗的题目《风》。

这首诗里有任何一"风"字吗？没有。可是，三秋叶落，二月花开，江上浪起，万竿竹斜。哪一句不是写风呢？哪一句不见风的力量呢？

在这首诗里读到"风"的无穷魅力，并不是很难。还有画里，风景照里，风无处不在。像妖娆的长袖女子。光影里，面目模糊，却风姿绰约。

有朋友驾车途经青藏线上的纳木错，他一路拍下很多张雪山、蓝天、白云的照片。

湖天相接，浪花朵朵，灰云沉沉；草原无际，公路逶迤，蓝天一角，白云片片；远处雪山一脉，雪山之上，云影如缕……我痴迷于他西行路上的那些绝美的风景照。最美的，还是那些云。

我给他留言："在云里看见风的影子。"

少年时期，春天跟母亲去种菜。翻地，栽下一畦茄子，一畦黄瓜，一畦豆角，两畦辣椒，还剩下几棵扁豆苗不知放在哪里栽。我以为母亲一定会将扁豆苗栽在篱笆墙边的杉木树旁，因为那一角的地向阳，阳光充裕。但母亲却没有，而是将扁豆苗远远地栽在孤零零的那株枣树旁。

我问母亲："为什么要将扁豆栽在那里呢？"

"杉木旁捂风（就是这个音，意思也对。口语里，言风被挡了，就这样表达）了，扁豆不结。枣树那里，开敞，扁豆会疯长，摘起来是麻烦一点，比没得摘，好吧。"

后来，果见扁豆苗蹭蹭地牵藤，爬满枣树。起先，是紫色的花朵缀满一树。后来，是一串串的扁豆挂满一树。秋天，摘枣的时候，也顺便摘下一串串的扁豆。

家里有一块稻田，北边是一堵高高的田埂。每次去割稻，见北边靠田埂边上的那几行稻子瘦不伶仃的。我总也不解原因，以为是父亲施肥的时候漏了。但父亲说，不是。因为北边的田埂太高，风口堵了。

自此，我知道。植物的生长，除了书上讲的，要阳光雨露，还要有风。

许俊文老师在他的散文《一些东西隐藏着》里写，他豆村老家的后院栽了许多杂树和竹子，把老屋和后院箍得严严实实。关在后院里的鸡鸭是很安全，可总是今天死一只，明天死一只。后来，一个偶然的机会，伐了几株树，篱笆敞着一个豁口。打那以后，养在后院里的鸡鸭再也没有死过一只。

院子还是那个院子，鸡鸭还是那些鸡鸭。只是，一个密不透风的院子，与敞了一个豁口的院子，它们之间多了风的出出进进。风给了那些成长的鸡鸭，以神秘的免疫能力。

风一定是天神派到人间的精灵。要不，它怎么那么神奇呢。

我以为，人在天地之间，要活得健康、自在、随意。当是脚踩大地，谓之沾地气。还要去吹吹风，是接受天之神谕。

至简之趣

一位相处多年的长者升迁外地。他离开之后，我发了一条只有三个词的短信："祝贺！感谢！珍重！"

祝贺他的升迁，感谢他多年的照拂，分别之时，道一声"珍重"，似万钧。

当时，他在忙碌里顾不上回复。但过了两天，他特意电话："收到你的短信，真是感动。字不多，细细琢磨，发觉竟是没有比这样至简的三个词更为丰富的表达了。"末了，他还不忘风趣地说一句："还是小作家厉害！""小作家"这个称呼是他常用的，我也不多谦虚，不多解释。他言"至简"，就是懂了。懂了，就够。无须赘述，无须枝节。

不仅仅是对文字的尊重，事实上，我追求一切简约之趣。这里，我坚持用"趣"而非常规意义上的"美"字。在我看来，同样是一个词的表达，"趣"比"美"多了灵动。仿佛是孩童手里转动的陀螺，一鞭子甩将出去，陀螺飞速地旋转，在这旋转里还夹杂一群孩子的喝喝声，是为"趣"。"美"如同纸上一蝶，美则美矣，却了无生气。一切的简约，都还是要包涵无穷的"趣"。

身为女子，从少年直至中年，直发如瀑。不同之处在于长短之间，偶或多了一根发带、一根簪子而已。至于服装，换了一茬又一茬，也不外乎简约之风。别说环佩叮当了，多到一枚胸针，都显繁复、累赘。

给孩子取名单字"简"。这个名字的得来全在偶然间。那个时候，母子俩，死里逃生。来来去去的护士医生都不住感叹："这个孩子是捡来的。"那不妨就取名"简"吧，谐音"捡"，我不容任何人再有其他意见。以此为贺，也是对上苍垂怜的感激。

孩子读书以后，总还是遇到大人们对他说："简啊，你的名字是简·爱的'简'，妈妈取的名字吧。她喜欢文学嘛。"其时，儿子并不知简·爱为何人。但他下次会跟陌生人介绍，"简"，简·爱的"简"。有识字不多的人，也不知道简·爱的"简"为何字。听他解释得费力，我就说："儿子啊，没这么复杂。简·爱是一部小说中的人物，她美丽坚强。妈妈是喜欢文学，妈妈也喜欢这部作品中塑造的这个人物形象，但妈妈对你的期望没有这么复杂。妈妈希望你做一个简单的人，有平凡的快乐。"

儿子读的书多了，忽然有一天，他醒悟过来："妈妈。吴（无）简，就应该是'不简单'哦。我应该成为一个不同凡响的人才对吧。"看似复杂的一个过程，其实还是至简之趣。

善待午睡

年纪大了，睡眠变得很脆弱。一点风吹草动，细若蚊蝇的声响，都足以把可贵的睡眠赶得无影无踪。常规认识，没有人会打扰到夜晚的睡眠，难以被善待的是午睡。

为了避免被惊扰，手机调成静音，微信群内消息、QQ消息都设为不被打扰模式，但定时闹铃是开着的，手机也必须放在足可以听见闹铃的地方。如此，很多个午休被防不胜防的微信个人信息惊扰，拉票的、求赞的……不过商家散的小恩小惠，被一拨子为了蝇头小利之人肆意转发而已。转了就转了，动动手指头要一个免费送来的小礼物也不过分，过分的是不计时间场合。这就像人生在世，逐利并不可恨，但丧失人格道德底线的利益至上就可恨。

你可以为了一点小利牺牲午睡，但有人需要一个短暂的午睡来积蓄能量。有大智慧的人，都善待别人的午睡。

《三国演义》中最著名的情节三顾茅庐就是其一。刘备去拜访诸葛亮，一次两次都没见上。第三次去，适逢诸葛亮在家午睡。刘备让童子不要惊醒诸葛先生,自己恭恭敬敬地站在草堂的台阶下等候。等了半晌,诸葛先生翻一个身又睡去。又等了一个时辰,才等来诸葛先生的悠然醒来。当然,这是小说《三国演义》里的写的,情节固然夸张。《三国志》中关于这一段倒也没那么多复杂的成分,大概刘备去拜访诸葛先生也没有这么难。但小说能这么写,到底还是在意一个人的午睡是不可被打扰的。一则关乎个人修养;二则显示对他人的尊重。都说细节决定成败,态度决定高度。若刘备惊扰了诸葛先生的午休,会如何?或许未必能成就经典的"隆中对",也没有后来的诸葛先生一生效忠刘皇叔。历史,在一个人善待另一个人的一次午休中被改写。

若说刘皇叔善待诸葛先生的午休,是因胸有大志,求贤若渴。但另一个人,孔子他也能善待别人的午休。

"宰予昼寝。子曰:朽木不可雕也,粪土之墙不可杇也。于予与何诛!"

宰予是孔子的高徒。按南怀谨先生的说法,是四科高弟之一。孔门弟子按言语、文学、德行、政治这四种才学分类,宰予在言语,宰予的长处就是"利口"。但就是这样优秀的人,他也有弱点。弱点是什么?就是"昼寝"。"宰予昼寝",就是白天睡觉——或许是睡懒觉,但也极有可能就是午睡。被孔子看到了,就说:"朽木不可雕也,粪土之墙不可杇也。"

现代,我们很多尽心尽责的老师遇到懒惰的、难以被教化的学生,也多半借用孔夫子的这句名言来训学生"真是朽木不可雕也",但他们可能曲解了孔夫子的原意。要知道,孔夫子学问德行如此高,大抵不会为了宰予睡个午觉就骂他。

还是沿用南怀谨先生的说法。他说"朽木不可雕也,粪土之墙不可杇也",这两句话真正的意思是说,这根木头的内部本来就已经腐坏了,你再去外面如何雕刻,即使雕刻得外表好看,也是没有用的;"粪土之墙",经过蚂蚁、土狗等爬松了的泥巴墙,它的本身便是不牢固的,会倒的，这种里面不牢的墙，外表粉刷得漂亮也没有用。这大抵类似不重内修、却靠外面的虚名支撑门面的，到底靠不住，总会坍塌的。

按南怀谨先生这样的说法，孔子看见宰予午睡，就不是骂他。话说弟子三千的孔老夫子，哪里是靠骂人能赢得声誉的呢。明白了这点，就懂得孔子是说宰予体质不好，他要白天睡觉就让他睡吧，不能对他有过分的要求。

看看吧，智慧如孔子，洞若观火，他的因材施教不是凭空得来的。他是真的知道对什么样的人，采取什么样的态度，实施什么样的要求。善待宰予的午睡，认可他不是偷懒，只是体质弱。如此善待，是智慧，也是慈悲。

有人废寝忘食自然难得，但有人"手倦抛书午梦长"，还是善待吧。

书香弥漫我们的童年

> 一个人，在书香里成长；一座城，在书香里年轻。
> ——题记

一

漫长的幼年时光，每一天都盼着长大。

终于熬到念中学了。我们的中学校园，在贵池晏塘乡北端的尽头。小镇南端的尽头转角，有一栋青砖碧瓦的房子。门前，种了两排修剪齐整的冬青。穿过那两排冬青树间的卵石小道，进了那栋青砖碧瓦的房子，这里是晏塘邮电所。

一进入邮电所的门，屋子里的光线幽暗，当门是一道高高的水泥砌的台子。第一回进来，个子太小，使劲儿踮着脚尖，也够不着柜台。费力的蹦跶声引来柜台里面坐着的一位叔叔站起来招呼。

"你要做什么？"

"订书,《作文通讯》和《小学生作文》。"

"两种？"

"嗯。"

"你叫什么名字？"

"××。"

"××× 是你什么人？"

"我姐姐啊！"

我一点也不奇怪这位陌生的叔叔能够叫出姐姐的名字，并且猜测姐姐可能与我的亲密关系。

姐姐读小学时，父亲就开始订阅《小学生作文》。姐姐上了中学，另增订《作文通讯》。《小学生作文》给读小学的我和弟弟阅读的，姐姐读发表中学生作文的《作文通讯》。后来，姐姐还自作主张，订阅了《中学生文学》。一开始，是父亲给我们订书，书送到他的学校。但姐姐读中学后，订书就由姐姐自己来。每天放学路过邮局这里，书也就不再由邮递员叔叔送，而是放在邮局，每至书到的日子就来拿。来得多了，自然就熟悉了。姐姐中学毕业去了外地，我也上中学了，订书拿书的任务自然由我接替。

中学毕业以前，我们没见过书店是哪种样子，邮局是我们唯一得到新书的地方。

我们姐弟何其有幸，有这般开明的父母，让我们在知识匮乏、买书困难的岁月里，一直有机会年年订书，读着《小学生作文》《作文通讯》《中学生文学》一天天长大。

二

师范毕业后，我去了木闸中学，在这里，一待二十年。我们也一直住在校园里，儿子的小伙伴，就是校园里大大小小的兄弟姐妹们。校园里长大的孩子们，放学后拥有得天独厚的操场，还有一间他们爱去的小屋——收发室。他们从蹒跚学步开始，从牙牙学语开始，就每天跟随父母来这里。每天早晚，父母来这里签到、聊天，顺便取回书报。从初次识得父母的姓名开始，他们就会从挂在墙上的书报袋里替父母取回书报，或者他们自己的儿童读物。

我的儿子就从这里取回一本本《创新作文》《作文通讯》《中学生阅读》等。偶尔，我们来池州城，必去书店。中学毕业后，我在复建不久的池州城求学时，新华书店是一栋幽暗的二层小楼，书都摆在远远的柜台里面，没有付钱以前，没有机会可以摸书。现在，书店是开放式的，我和儿子常常在这里一待半天，把那种好看的畅销书囫囵吞枣快速翻完。在这里，我们就翻完过《暮光之城》系列，《小时代》系列，还有数本《哈利·波特》。当然，更多的时候，我们翻着翻着，暮色渐晚，书店关门前，舍不得放下手里的书，这些书多半也进了我们背上的包。

我的儿子何其有幸。生活在校园里，比旁的孩子多一个好玩的去处——收发室，还多了一个嗜书如痴的母亲。

三

后来，我选调入城，进了池口小学。六月，2018届学生毕业了。新学期，我回到一年级，做一群小娃娃的头。

这一群小娃娃，精力真旺盛，上一秒跟着我大声读书，下一秒立马化身为一群小鸭子，小嘴不停地嘎嘎嘎，我戏称自己就是一个"放鸭子"的。

三个星期过去了，迎来孩子们入学后的第一个小长假，还是传统节日——中秋。放假前，我给孩子们布置的作业中，有一项作业是要求家长朋友带着孩子们去书吧、去图书馆、去书店。我的想法是，孩子们是小学生了，不仅要在学校求知，还应该去感受一下公共读书环境的氛围，熟悉购书环境，阅读应该渐渐成为孩子们的一种生活方式。

中秋小长假期间，翻朋友圈，看到很多家长带着孩子们去了图书馆，书店或者各大超市的书架前，入学才三个星期，拼音尚未学完，识不了多少字，高高书架前，孩子们站着、坐着、靠着，每一张照片里，孩子们翻书的样子真好看。

自此以后，很多个假期、周末，看到孩子们有了很多去处。小小池州城，有大大的图书馆，有万卷书城、新华书店、邮品书店等，还有各大超市的图书角。我们的学生何其有幸，爱上读书，书香弥漫他们的童年。

2018年，池州城复建30周年。30年，足够一个小小少年的人生脚步渐向知命之年；30年，足够复建的池州城从百废待兴，到欣欣向荣。30年，很多东西老去，很多东西兴起。我还是希望，一代一代人的童年，都有书香弥漫。

一堂杏花课

暮春好时节，大自然界，莺莺燕燕，翠绿横流。相较于前一时期，让人兴奋也让人窒息的花团锦簇，这暮春的绿意叫人舒适也叫人安宁。

2019年4月18日，池口小学2019年"千年杏花村的今昔"生态科技实践活动启动仪式在多功能室举行。活动的最后一项是池州学院纪永贵博士给将参加本次活动的五年级学生做《杏花村的前世和今生》专题讲座。今年的杏花早已开过了，这要补的是一堂杏花课。

我也坐在堂下，给自己补一堂杏花课。这是第二次以学生的身份，端坐台下，听纪教授讲课。

那第一次的课，很久远了，全区中小学语文教师继续教育培训。应该有很多人"逃"过那个培训课，应该还有很多人不记得在那个培训课里听到过些什么。但我记得，跟我一样记得的，还有我的一位同学周。时至今日，我们这样对话：

"若干年前，纪博士给我们培训，我就崇拜他。"

"嗯。你也还记得。他给我们讲唐诗，讲李白。"

"那时他年盛，还有一篇写游侠的文章，现在想来真怀念。"

"是呀。那已是2000年的事了，一晃二十年过去了。"

那次的课，最深的一个印象是，纪教授讲"床前明月光"。他讲"床"不是卧榻，是古人庭院里的"井栏"。

这是我第一次听到这个观点。我的小学老师、中学老师都没有给我讲过这个，狭窄的阅读面也尚未及此。请原谅我的孤陋寡闻，但人有浅薄不算羞耻，愿意面对浅薄也算坦诚。后来，再读"郎骑竹马来，绕床弄青梅"就少了一层障碍。

那堂唐诗里的"床"课，带给我的不止除去一个知识点上的雾障，还指引我后来游历诗词歌赋，以及努力去做好一个语文老师，穿行在文学的殿堂，跋涉在语文的征途，兀兀穷年。

这次，纪教授再来工作的学校给学生们上杏花课，自然也不能少了我这个学生。

杏花的特征；杏花与梅花、桃花的区别；杏花的象征；杏花村的来历；杏花村的重建；杏花村的资料等等。所涉内容涵盖生物学、文学、历史、经济与文化诸多方面。

孩子们陷入纪教授撒开的杏花大网中。我在纪教授的课堂闲话中，思绪独自游离出去。他说，杏花多与酒有关。这诗人杜牧来池州做官，休假出去沐浴喝酒，然后作了《清明》一诗。这段讲课内容中，有一句闲话：古人工作，十天休一次假。

闲话不闲，意趣不凡。

这现代人天天为"996（朝九晚九，一周六天）"工作制，口诛笔伐，争论不休。何以见得唐朝人是十天休假制？

别急。来翻翻大唐少年才子王勃的《滕王阁序》："……十旬休暇，胜友如云；千里逢迎，高朋满座……"

"十旬休暇"，唐制，十日为一旬，遇旬日则官员休沐，称为

"旬休"。

可见，闲话自有来历，非信口开河。

课听到这里，会心一笑。孩子们自然不能会心，那些缺少漫长人生经历铺垫的时光，都少了很多会心之乐。

未来，还会不会有一位周同学，或者别的什么人，能与我一起忆及这一堂杏花课呢？

今生，谁曾做过你的老师，补过一堂什么样的课；谁又曾是你的同窗老友，不论多久，还能一起回忆求学的好时光，都是机缘。机缘时时有，未必都能抓得住。

"亡羊补牢，未为晚矣。"其实，人生有许多功课都要补，不止一堂杏花课。

红楼悟（组文）

爱到放手

　　《红楼梦》翻到四十五回，读到最后几句："（黛玉）……一回又想宝玉与我素昔和睦，终有嫌隙；又听见窗外竹梢蕉叶之上雨声淅沥，清寒透幕，不觉又滴下几滴泪来。直到四更，方渐渐的睡熟了。暂且无话。"

　　好一句"素昔和睦，终有嫌隙"。

　　在这之前，黛玉与宝钗之间的关系已有了微妙的变化。收了言语行动里的醋意，多了彼此的亲密。

　　四十二回里，宝钗指出黛玉失于检点，在众人面前把那《牡丹亭》《西厢记》说了两句。宝钗据此有好一番说辞，说得黛玉心下暗服。

　　到这一回里，黛玉生病，宝钗来探，她们之间又有一番推心置腹的交流。

　　有红学家提出：黛钗合一。

黛玉初始对宝玉专一的爱慕，吃醋、闹脾气、使性子，尤其是拿"金玉良缘"屡屡说事儿，甚至激得宝玉发病，摔玉，好一番闹腾，发誓"做和尚去"的话，都说了好几回。

但这一回里，黛玉与宝钗依依不舍。宝钗临走，她道："晚上再来和我说句话儿。"

但后来，秋霖脉脉，雨滴竹梢，倍觉凄凉。知宝钗不能来，遂作《秋窗风雨词》："……不知风雨几时休，已教泪洒窗纱湿。"

哭，还是那个爱哭的林妹妹，只是她不再无理取闹，而是越发懂事，越发楚楚动人。

这一回里，因为雨，宝钗晚上并未来，宝玉却来了。

她在病中，他夜间雨里来探，情深至此。她懂的。

如此，宝玉临走，她担心宝玉失脚滑倒，哪怕病着，也是亲手取那玻璃绣球灯，命点一枝小蜡儿来，递于宝玉，自是细致妥帖的安排。

再不像胡搅蛮缠的林妹妹，大有宝姐姐的处事风范。少了可爱，多了稳重。只是，懂事得让人心疼。

两情相悦，很多言语举动都显得任性，甚至蛮不讲理，并不会特别懂事。

太懂事，怕是另有安排。

谁能说，"金玉良缘"的促成不是黛玉的轻轻放手。

放手，不是舍弃。放手，只为成全。

爱到放手，是至轻，也是至重。

懂得何其难

> 一见倾心实属易，两心懂得何其难。
>
> ——题记

《红楼梦》三十六回，有一段精彩的情节。

宝玉想起《牡丹亭》的曲子来。因闻得梨香院的十二个女孩儿中有个小旦龄官唱得最好，出来找。当他在龄官身边坐下，龄官立即抬身躲避，又说嗓子哑了不肯唱。后贾蔷买来雀儿，想给龄官解闷儿。

他道："买了个雀儿给你顽，省了你天天儿发闷。我先顽个你瞧瞧。"说着，便拿些谷子哄的那雀儿果然在那戏台上衔着鬼脸儿个旗帜乱串。众女孩子都笑了，独龄官冷笑两声，赌气仍睡着去了。

这龄官，正是宝玉那一日在蔷薇花架下见她画"蔷"字的那个。

一个人躲在角落，画了几十个"蔷"字，被雨淋湿也是浑然不觉。她对贾蔷倾心爱慕，旁若无人，痴心一片。

这痴，让她对宝玉近身，刻意躲避。宝玉央她唱一套《袅晴丝》，她也借口嗓子不好，拒绝。她不肯迎合所有女孩儿都想迎合的宝玉，让宝玉初尝被人厌弃的滋味。

十八回里，元春省亲唱戏，元妃很喜欢龄官，叫太监赏了她，"龄官最好，再作两出"。贾蔷要她作《游园》《惊梦》二出，她因不是本角的戏，不肯作，定要作《相约》《相骂》。贾蔷扭不过她，只好依了她。

身为小优伶，不过就是给人唱戏取乐，可一定有不肯委屈自己的倔强。她以为那一回的"依了她"是懂得罢。

一见倾心实属易，两心懂得何其难。

但他到底不懂。这里买来小雀儿，关在笼子里，说是给自己取乐。怎不知，自己就如这关在笼子里的雀儿，没有自由，没有欢乐。如何不感怀身世，冷笑赌气而去。

末了，当然是贾蔷赌神起誓，又放雀儿，甚至连笼子都拆了，来博美人一笑。

她还说，"那雀儿虽不如人，他也有个老雀儿在窝里。你拿了他来弄这个劳什子也忍得！今儿我咳嗽出两口血来，太太打发人来找你，叫你请大夫来细问问，你且弄这个来取笑儿。偏是我这没人管没人理的又偏爱害病。"

贾蔷听得此话，当然即刻便要去请大夫，可她又说："站住，这会子大毒日头地下，你赌气去请了来，我也不瞧！"

是不是觉得这恋爱中的女人很不讲道理，使小性子，闹脾气。这也不是，那也不合。

相爱，才会万般希求你的点滴关心。可自己的冷、暖、病、康，还是不抵内心对你时刻的牵挂。你好，我才好。

宝玉是懂得的。

"宝玉见了这般景况，不觉痴了，这才领会过画'蔷'深意。自己站不住，抽身走了。"

宝玉走了，回到怡红院中。自此，深悟人生情缘各有分定。

茶闲棋罢意未央

《红楼梦》十七回，贾宝玉在潇湘馆题联：宝鼎茶闲烟尚绿，幽窗棋罢指犹凉。一联尤显宝哥哥的真性情。

潇湘馆的游廊、房舍、后园，梨花、芭蕉，泉一脉、竹几枝，水墨画的意境，营造出别样的清幽。

从俗如贾政也禁不住道，"若能月夜至此窗下读书，也不枉生一世"。这未必是贾政的真心话，即便他真愿附庸风雅，怕也难参透此景。

及至二十三回，元春想大观园中的景致因为自己幸过之后，贾政必定敬谨封锁,辜负了此园。为不使佳人落魄,花柳无言,命宝钗等人在园中居住,宝玉随进去读书。这里,贵为妃子的元春也不俗。因为这点不俗,她便多了几分可爱。是啊,再美好的景致,若无人的映衬,终是了无生气。景为人设,人添景秀。大抵如唐诗"鸟鸣山更幽"有同样的意趣。

宝玉在贾政那里获准入园,回至贾母跟前,见黛玉,问他,"你住在那处好?""黛玉正盘算这事,忽见宝玉一问,便笑道:'我心里想着潇湘馆好。我爱那几竿竹子,隐着一道曲栏,比别处幽静些。'宝玉听了,拍手笑到:'合了我的主意了!我也叫你那里住。我就住怡红院。咱们两个又近,又都清幽。'"

当然,他本不必问。想宝黛初见,黛玉惊觉,"好像在那里见过的?何等眼熟!"宝玉笑道:"这个妹妹我曾见过的。"这样的心有灵犀,断不会在对潇湘馆的景致喜好上有二意。

问是问了,答是答了,只是把个宝黛的心无嫌隙聊作一述。

还是回到宝玉的那联,"宝鼎茶闲烟尚绿,幽窗棋罢指犹凉"。茶闲,绿烟绕;棋罢,指犹凉;人已去,意未央。

所以,案牍劳顿、于怡情怡性的文章已生疏的贾政,有的不过是敷衍的窗下读书,派生而来的就是静夜里的一点安宁,他悟不出幽处里别样的情怀。

锦衣玉裘、雕栏玉砌终成空;青春繁华、红颜会老一如梦。可曾经有一个彼此相知相惜的人,共同度过一段如水光阴,品茗,对弈。情到浓处,也许只剩下一缕隐约的伤感,可是能这样寂寞地伤感也是一种福分。

一百二十回里,一僧一道夹住宝玉道,"俗缘已毕,还不快走?"想他即使修不成佛,也必是佛前的一盏青灯。青烟袅袅,不曾为谁停留。千年之后,再续那段不了缘。

焉得不关心

《红楼梦》五十二回，一干人等聚于潇湘馆。

早年跟随父亲游历四方的宝琴给大家读了真真国女子写的一首诗，诗中有这样几句：月本无今古，情缘自浅深。汉南春历历，焉得不关心。

众人都道"难为他"。其实，真真国女子的诗不过如此，在大观园里的一众"诗翁""诗疯子""诗呆子"中，算不上什么。

我在意的是那句"焉得不关心"。我以为，像我一样在意这句的还有一个人。当然，是那一群人里的宝玉。

"大家说了一回方散。"

可是，"宝玉因让诸姐妹先行，自己在后面。黛玉便又叫住他，问道：'袭人到底多早晚回来？'宝玉道：'自然等送了殡才来呢。'黛玉还有话说，又不能出口，出了一回神，便说道：'你去罢。'宝玉也觉心里有许多话，只是口里不知要说什么，想了一想，也笑道：'明儿再说罢。'一面下台阶，低头正欲迈步，复又忙回身问道：'如今夜越发长了，你一夜咳嗽几次醒几遍？'黛玉道：'昨儿夜里好了，只咳嗽两遍；却只睡了四更一个更次，就再不能睡了。'宝玉又笑着：'正是有句要紧的话，这会子才想起来。'一面说，一面便挨近身来，悄悄道：'我想宝姐姐送你的燕窝——'"

这一段，写得琐碎而且克制。琐碎的是宝黛二人的对话，似都是不相干的话。可是，不相干吗？

非也。众人散去，独宝玉滞留后面。黛玉懂不懂他的恋恋不舍，欲说还休？当然懂，所以她没话找话地问："袭人多早晚回来？"袭人回不回来，啥时回来，需要黛玉操心吗？或者，她不能预料袭人多久回来，方才问？可她是懂礼数的一个人。初进贾府，她去拜见二舅母，王夫人给她让位，她起先只在椅子上坐，经王夫人再三让她上炕，她方挨王夫人坐下。袭人此去奔丧，她应该是知道袭人多早晚回来，可她就是闲闲地问了。闲话好出口，又能留住宝玉。还有不能说出口的话，到底是不能出，只出神，这就显得克制。

"宝玉也觉心里有许多话，只是不知要说什么"。这个经历过"摔玉"，发誓要去"做和尚"的话都说了几回的人，这里也显得克制。

一个欲说不能说，一个欲说不知何说。都是压抑的情感，克制的情绪。

这压抑、克制其实在这一回的前面就已表现出来。这天，众人齐聚黛玉这里。但宝玉初出门时的目的地并非是潇湘馆，他原是打算去惜春屋里看画儿的。但他在院门外遇上宝琴的丫头，丫头说我们二位姑娘在林姑娘屋里，他便转步往潇湘馆来。

潇湘馆是他想来就能来的地方吗？即便曾经说过，你住潇湘馆，我就住怡红院，咱们两个又近。那是年幼，任性随性。现如今，年岁渐长，他的一举一动，都有人看着呢。

这不，他一挨近身来，欲悄悄说一句，可一语未了，就见赵姨娘走进来。有这么巧合的事情吗？未必。谁道不是有人时时刻刻要留心抓住他的把柄，好治他的罪呢。别不说赵姨娘，就是袭人也不曾放心过他。

三十四回里，袭人在王夫人处就说过：如今二爷大了，里头姑娘们也大了，况且林姑娘宝姑娘又是两姨姑表姐妹们，到底是男女之分，日夜一处，起坐不方便，由不得叫人悬心。

关心他们举动的人太多，就不能凡事由着性子。

后来，韩寒的电影《后会无期》里有一句：喜欢就会放肆，但爱就是克制。

克制里的爱意，尤为动人。所以，你说那一句"焉得不关心"，他在不在意？

第四辑　生命的礼物

功不唐捐，玉汝于成

　　朋友圈里各类人都有，或为交流，或为关注。朋友圈有项功能，分组；朋友圈还有一项功能，"不看他（她）的朋友圈"。分组发朋友圈，是为了不打扰他人；设置"不看他（她）的朋友圈"，请原谅，我不想让无关紧要的信息占用我的时间与空间，还有，不至于因为有人刷屏，致我漏掉重要的信息。

　　这个晚上，临休息前，翻朋友圈，一是少年时的同学霞，发了几张照片。有他的先生，中农大博士、绿肥研究人、国家绿肥事业执着的坚守者；一张她自己。当年，我们从小学、中学、师范，一路同学，毕业还分配到同一所初中做老师。她放弃公职，逐爱京城，嫁农学博士。当我们为了生计守着一份工作，养家糊口，略读一点闲书就以为不虚光阴，心底里以为她不过是借助先生的光环少了很多辛苦与努力。

　　但她说，当年为了支持先生求学，挣钱养家，做票贩子，骑车走过大半个京城。在国家绿肥网解散后，她挈子随夫东渡日本。旁人也许无比羡慕她身上自带异域风情，但很多辛苦她并不多言。中年回望，先生坚守的国家绿肥事业又迎来二度春天，孩子学业有成，自己也有了一份稳定的工作。她说"苦难能成财富，享乐常为浮云"。圈中晒晒旧照，哪是炫耀。我在她的言语与举动里，还读到深深的缅怀与感喟。

这个晚上，还有一喜。沈喜阳兄公众号发文《三十四年长路——从中师生到博士生》。

沈兄，八十年代的中师生，十五年乡村小学老师，两年初中老师，自考专科、本科，考过公务员，笔试入围，面试被刷。考华师大硕士研究生，一试即中，毕业后省城出版社供职十一年。四十九岁，儿子已大二，他考取华师大博士研究生，将于这个九月再次沪上求学。他的人生经历，堪称一代中师生的典范。

圈中一众小友一致转发他的文章，少年同学留言："学兄，是您前行榜样；乡邻，是我学习楷模。"

同学所言甚是。读初中的时候，有时在放学的路上会遇到沈兄从另一个方向的小学下班回家，擦肩而过。等到认识熟知，是毕业回到我们一同谋生的乡镇做老师。不算太懒，蜗居乡村的日子尚且读点书，写点小文，偶发报刊。有几年，父亲恰与沈兄做了同事。不太清楚沈兄是亲近父亲的秉性，还是因为他读了我和姐姐经常发的那些小文，不算太难看。总之，他们做同事，似乎很投缘。这投缘，是我猜测的。年近半百的父亲，为了评职称，写论文，《浅谈句子成分的教学》，谦虚地求教小他二十多岁的沈兄，不觉得不好意思。沈兄略动笔墨，换了个题目《一把"量"句子的尺》，父亲一个劲儿地夸赞。末了，他好像还说了一句什么话，大意是，你别以为你和你姐姐能发两篇文章就了不起，你们和沈老师比，文字功底差远了，他是真读书的人。

"他是真读书的人"这句话，父亲在沈兄考本、考硕时，都不止一次说过，在我们偷懒懈怠时也不断说过。一为夸赞沈兄，顺带里也鞭策我们吧。若我告诉年已古稀的父亲，沈兄四十九岁又考取博士了，估计他还是那句：他是真读书的人。

  沈兄初做出版人，我们在网络里重新联系上。我仍闲闲地丢文字，遵他要求给他看过自己写的自以为还不错的文字，他细细用红色字体点评批改，受益颇多。他打理一个公众号，给我发过一篇文章，好几千的阅读量。他说：在发你的文章之前，我们文章的阅读量从没过千。我当然很自知，到底没忘父亲的话，不会因为自己的文章在他的公众号里阅读量高，就自认为自己了不得。

  他说：我硕士毕业进入安徽文艺出版社从事文学编辑工作。从一个读书的，买书的，变成了做书的。做编辑至今十一年。编过少数满意的书，编过大多数可有可无的书。

  在他做编辑的十一年间，有约出书的，也见了很多经他的手出的书，我不置可否。我的文字迄今为止只在报刊一隅，或深藏自己的文档。我也想过，若自己的文字经他的手编辑出版，会如何？绝对入不了他说的"少数满意的书"之列，可若是成为他编过的"大多数可有可无的书"之列，那一定是我一生最大的污点。他即将去读博，大抵不会再回来做书。我庆幸，没拿自己的文字去耗他的精力。当然，他点评批改的文章另当别论，那一直是我向上努力的踏板。

  述及至此，该收了。给同学霞和沈兄同留了这句话："功不唐捐，玉汝于成。"这里用作文题，并致所有不虚光阴的人们。

絮语弦声与谁听

尊龙是很早就喜欢的一位男演员，他在传记影片《末代皇帝》里扮演溥仪，丰神俊朗又极具悲剧性。仿佛他自己，绝世容颜，却又有着谜一般的身世，残疾单身女士收养的童年，孤独又灿烂的人生。活跃于好莱坞，登上奥斯卡领奖台，但他说，每一回，回到酒店，就是一个人，没有人等他，没有电话可以打。就算拿了奖，也只能自己坐在那里，无处"炫耀"。他曾说："我没有父母，我学会了做自己的朋友，做自己的父亲和母亲。"尊龙的英文名字叫 John Lone。如果名字暗合命运，Lone 于尊龙就是，不管年纪多大，不管在哪里，他都如此孤独。

何人不孤独？

小城里，有位散文界的前辈，他生于皖北豆村。豆村，那个被他不断写进文章里的小村庄，有他的童年，他的祖父，他的父母。中年以后，他在皖南小城客居，继而于小城西郊定居。他时时回到豆村，陪伴年迈的父母。后来，父母相继作古。豆村，他似乎回不去了。

我一直尊他为老师。我喜欢他的散文，读他的书，朗读他写豆村的文章，后来，还每天看他于圈中发的书法习作，从最初的笔画歪斜，到日益精进。

2018年10月24日，他照旧发了几张习字图，以及一张月亮图，丢了这么几句话：

"早课。

"这枚时隐时现的月亮，是2018最后的一枚圆满的秋月了。

"一个人走在深秋的夜路上，难免会想：去年的今夜，十年前的今夜，三十年前，五十年前的今夜，我在哪里呢？"

到底是散文大家，寥寥数语罢了。

一语惊心。

2018年10月24日，戊戌年九月十六，可不是金秋最后一个满月呢。

"白兔捣药秋复春，嫦娥孤栖与谁邻。

今人不见古时月，今月曾经照古人。"

把酒问月的不止千年前的李太白。月盈月又亏，今夕复何夕？叹！叹！叹！

即使我少老师二十岁，也感慨万端。

我回复老师一句：你在你身边，你心陪你身。

老师说：时间是我们最大的恩人，也是最大的敌人。我们终其一生所做的一切，都是在跟时间作战。

可叹岁月如流水，能始终陪伴我们的，只有我们自己。

微凉秋夜，寒蛩梦断，一支笔，一杯茶，一盏灯。人悄悄，月胧明，絮语弦声与谁听？

致

一

　　我在朋友圈发一首歌，好听的《不愿错过你》，写了两句歌词"两个人的温暖，会不会种出不一样的烟火"。

　　你在评论区下面问我："女神也爱流行曲啦。"

　　走过、路过的，应该有很多人吧。知道这首歌或者不知道的，也应该有很多人会点开来听一听。但只有你问了，而且问得这么随意。不是你真的疑惑，而是我发的你都会留意，我听的歌、读的书、写的文字。

　　如此，我也认真地回复你："你何时把我归为那一类？我从来都站在人群里。不过倒是很奇怪，随意的一个小视频，背景音乐是这首歌，听到'两个人（的温暖，会不会种出不一样的烟火）'这句，莫名喜欢。还有一次，在一个广场，一群大学里的孩子们练习五月天的一首歌《倔强》，为了听他们唱歌，我坐在那里不走。回来再听，办公室里的小姑娘说徐老师也喜欢五月天的歌，但实际上我从来不知道什么'五月天'，听了原唱，感觉总也不对，很难让我循环第二遍。这首歌还可以，循环了几次。"

你只简短地问一句，我却回复得很详细，袒露我对一首歌的莫名欢喜。

朋友圈是没有秘密的，我的回复圈中人都可见。很多人也许会猜，我不像个话唠，对面会是一个什么样的人，我才这么认真地说话？还有，我们共同的朋友可见我们的对话。我们仿佛身处他们一群人中，却又只待在一个角落里，说着悄悄话。他们听着，未必有兴趣，也未必懂。

问与答，只在彼此理解的双方之间才产生意义。除此以外，就是多余。

二

有一天上午，阳光灿烂，小城的天空中突然出现一道虹。

正因为阳光灿烂，空中见虹方才稀奇。我后来才知道，那个上午那道虹被刷屏了。但那个上午，我的手机落在家里。

"看见了吗？天空中出现了一道虹。"当我看见你这句问话，已经是中午。你大概也是觉得稀奇，想着我像你一样仰着头看见那道虹，一样地惊喜；想着我们在不同的地方，在同一时刻有着同样的举动，就是格外的好。当然，也可能我忙，或者其他什么原因，并没有空闲恰巧在室外，看见那道虹，错过了一瞬的美丽，一瞬的惊喜，但你多么想与我分享那一刻的心情。

我说："上午手机落家里了。"

"我知道。"

全城很多人都看见的那道虹，你只问我"看见了吗"。意外地并没有在第一时间等到我的回复，除了我手机不在身边，你不会怀疑我还有另外一种可能。无论多久之后，我一定还会与你重温、分享那一刻。这分享，无论多久，都新鲜，都温暖，绝不会像一杯搁凉了的茶，难以入口。

一次又一次，无比期望地、又无比孤独地在圈中分享一首歌、一张美图、一段文字……圈中路过的身影很多，就像霓虹灯下的人影幢幢，但彼此目光交汇的，一定只有你我。

从来都是你在我心上，我在你命中，是永恒，绝不是擦肩而过的一瞬。抑或也是一瞬，一瞬的永恒。

三

《心》
很大
装得下天地
还有古今

很小
装得下一个人
或者，装不下一个人

你从别处看来这首诗，放到同学群。大家都忙，虽是同学群，其实常常悄无声息。你把这首诗搁到这里，也许有人看到，没什么感想，沉默就好。还有就是，大多数人根本腾不出时间去瞧一眼，递上一句话。

这首诗浅近，如果真要说有点什么诗味的话，不过就像红楼里香菱初学诗时说的，"我只爱陆放翁的'重帘不卷留香久，古砚微凹聚墨多'，说的真切有趣。"但黛玉老师说，"断不可看这样的诗。你们因不知诗，所以见了这浅近的就爱,一入了这个格局,再学不出来的。"借用钱穆的观点,就是"没有意境情趣"。一首没有意境情趣、浅近的诗,按理我不应该感兴趣才对。

但我瞄了一眼这首诗,与其说我对这首诗感兴趣,是我与生俱来的文字敏锐力,不如说是我与你的惺惺相惜,可能是后者的因素居多。

既然彼此相惜,就不会无话可说。两个灵魂相近的人,聚到一起,多半是话痨。愿意接话茬,除了腾出时间的空隙,还多半是灵魂的深处一直为对方留一处空隙,用来容纳她(他)的所有。闲话也罢,闲情也好。你说,我听,我应。你做,我看,我评。不为你的多么好,只为我懂你浅近有浅近的深意,深奥有深奥的内涵。

因此,我回你一句:"作者还年轻吧。《围城》里唐晓芙一类的人物。唐说:我爱的人,我要能够占有他整个的生命,在他遇见我以前,没有过去,留着空白等我。所以小说里,唐晓芙没有结局。唐那样的人,俗世无处安放,所以作者写不了她的结局。"

你应我:"是啊,俗世里哪有这样的人?或许韩剧里才有。"

我们的对话止于此。仅此而已,若再多言,就吵到别人了,《西游记》里菩提老祖告诫悟空说"口开神气散,舌动是非生"。

当我走笔至此,本该画上句点了。不知为什么想到诗人洛夫,不久前,诗人离世的消息刚刚刷了一段屏。想到诗人,是因为他的那首诗《烟之外》——

    在涛声中唤你的名字而你的名字
    已在千帆之外
    潮来潮去
    左边的鞋印才下午
    右边的鞋印已黄昏了

六月原是一本很感伤的书

结局如此之凄美

——落日西沉

你依然凝视

那人眼中展示的一片纯白

他跪向你向昨日那朵美了整个下午的云

海哟，为何在众灯之中

独点亮那一盏茫然

还能抓住什么呢？

你那曾被称为云的眸子

现有人叫作

烟

  我把诗人的这首《烟》全文引用在这里，可以说是纪念诗人，但我最根本的意愿是向你，传达我还要对你说的很多话，我不多言，诗里都有，你明白的，对吗？

十年一如初见
——致吴银珂先生

让我佩服的人还真不多，吴先生是其一。

十年前，或者是比十年还远一点，那时我还在乡下，初入网，自媒体在经历了论坛、社区之后进入博客时代。我们在新浪写博客，也在博客里遇见、互访。后来，经另一位朋友的引荐，我们在生活中见过一面，短暂的一面。

时光流水一般，很多芜杂的东西沉淀下去，很多东西不想带入生活的河流，就抛弃在沿途的岸上了，人、事，都是如此。然后，迁居入城，也调入城区工作，曾经那么火热的博客时代似乎都烟消云散了。很多东西都改变了，但似乎还有一样未曾改变，那就是与书做伴，与文字交心。吴先生，就是一直关注着的文字朋友。

吴先生就住在我们小区外的检察院小区，每每和先生晚饭后散步，经过吴先生楼前的小院，看看消防支队岗哨前哨兵的挺拔英姿，说说检察院小区铁栅栏里蔷薇花的芬芳妖娆，偶尔会对先生说一句："吴老师住在这里，吴老师在QQ里晒他的花，可美呢，不知是哪家？"走过去，每一户院子里的花儿开得都好，似乎每一户院子都像吴老师的家，一样的美。十年的路过，十年的花开花落，但十年不曾特别要搞清楚到底哪家才是吴老师的家。

也还是十年，先是新浪博客里看吴先生写的文章，再后来是QQ空间。吴先生写他的生活，他缠绵二十多年的肾病，他的花花草草，他贤惠的妻艾子……日日寻常又不寻常，点滴温情又盛满感动。吴先生，一个每周透析三次，一个身体一直病着，心灵一直敞亮的人，用心地生活，用力地爱。

近来看史铁生的《病隙碎笔》，哲思笔记，不容易读，我也读得较慢，偶尔会停下来，但我知道自己一定会读完。我读过史铁生的《合欢树》，读过他的《我与地坛》，读过他的《秋天的怀念》……我承认史铁生是我喜欢的为数不多的现代作家之一，但却是今年才特意买来他的《病隙碎笔》。潜意识里，不知可有因为吴先生的缘故。吴先生小史铁生很多，但他们的人生经历何其相似。一样地病得太久；一样地钟情写作；一样的不屈不挠的精神，像他院子里的那些花，年年岁岁，开不败。我对吴先生、吴先生的文字是有如同对史铁生、史铁生的文字一样的敬慕与喜爱。

跟吴先生虽然住得近，但我们都不是热衷于言语交流的人。新浪博客疏于打理之后，互动几乎没有了。偶尔，免不了的文学圈子里的朋友见面，会有人闲聊几句吴先生还是老样子，去医院，看书，养花，钓鱼，写作，一样不落。他的生活，像一列火车，看似在一条铺设好的轨道上来来去去，可是因为有文字打底，到底是新鲜的，多彩的，有滋有味的。他在QQ空间里跟老友新朋逗乐玩笑，他用轻松幽默的语调写日志、说说。应该也有生命的重吧，像透析过程中身体的异常反应，但终究在他的文字里略略带过，风一般的轻，留在每个读者心中的就只剩下温馨和美好。

　　这个早晨，从菜场买菜回来，小区门口遇见一位面色有点黑的男士，戴一顶帽子，和一位撑伞的女士并肩走过来，我的目光刚与他对上，他微微一低头，就要从身边走过了。我略一迟疑，但还是叫了一声："吴老师。"他抬头，我说："我是徐琳。"

　　可我实则脸盲，街头碰见一张似曾相识的脸朝我微笑着招呼，说哪里哪里一桌吃饭的。我也只好微笑着糊弄过去，转背蒙圈，有吗？

　　但与吴先生，十年前初初一面，十年后蓦然遇见，多少文字里的相会，让彼此都不觉陌生。用他跟朋友逗乐的话来说："我们相距不过三百米，也是久闻不见真人"。既见真人，真人如此熟稔。

　　"期待又一个十年后，我和徐老师又在某一个转角邂逅。那时候，我高兴的是我还活着，而你，还是今天的模样。"

　　这是回来后，吴先生在QQ里给我留的话。

　　十年后，我们都会是今天的模样。这是我的真心话：生活的磨难算什么，疾病又算什么，容颜易老，初心不变。敞开心灵的窗户，用心生活，用力地爱。

　　吴先生说，他唯一的愿望是写完《同林鸟》，献给不离不弃的老妻。

　　我想对他说的是，无论多久的遇见，你们并肩走过来的身影，就是最伟大的作品。

人约黄昏

"May there be enough clouds in your life to make a beautiful sunset。"

这是冰心的文章《霞》中,她引用的一段英文,她把这段英文译作:"愿你的生命中有够多的云翳,来造成一个美丽的黄昏。"

少年时读冰心的这篇文章,虽然一直有背书的习惯,她的这篇小文并不会全文背诵,但这段英文却一直会背,而且从来就没有忘记过,常常张口就来。说不清楚是喜欢她的翻译,还是初识英文,能背一些漂亮的句子多少带有一点显摆的意思。少女时代,一点点小聪明都张扬得很,像一只骄傲的孔雀,时不时张开美丽的屏,生怕人家不知道似的。

青春的书页一页又一页翻过去,那么多美丽而温情的黄昏,如诗的韵脚,如歌的行板,填满生命中的每一个罅隙。

在小城那座历史悠久的学校里读书的三年,每一天的课结束,黄昏的霞光恰巧从楼前的拐角处,沿着一排排高大水杉的树叶落下来。出教室门,经过半月池上的小桥去食堂,斜阳的余晖落在后背上,有一点暖。

校园广播响起，优美的钢琴曲恰巧掩盖了腹中空空的辘辘声，会有一点点想家，想念母亲。走过卵石的小道，就到了食堂门前的梧桐树下。梧桐树是最诗意的树，春荣秋枯。但那时，似乎从来不曾热切地关注过梧桐树演绎的四季风情，大抵食堂里飘出的饭菜香味才是最真实的吸引。就像每一次回家，村口遇到邻人，他们关心地问：又想家了？往往不等我开口，早早来接的母亲就随口道：吃饱了，哪里会想家？

母亲一生一字不识，但她常常语出惊人，这一句关于吃饱饭与想家的关系就是。后来，读过很多人写的文章，那些味觉里的情怀无一不是想念亲人、想念母亲的表达。

毕业后，回到故乡的中学任教，家在十里之外，放学后，走在学生们中间回家去，分不清哪个是学生，哪个是老师。不记得从什么时候开始，有一双眼睛总能捕捉到人流中的那个单薄的身影。温暖的目光看过来，偶一抬眼，对视的瞬间，会感到周身的血液倒流，脸倏地红了。低了头，走过，走出很远了，还能感觉到粘在背上的热切注视。

有一天下雨了，雨天路滑，放学后不回家了。在学校食堂吃过晚饭，几个年轻同事围坐办公室，消磨时光。秋天，总是晴朗的时候多，雨天的日子格外少。

再后来，在落日的余晖里，他站到面前，说："真盼望有雨的日子。今晚，不回去了，好吗？"

含蓄的表达，羞涩却真切，没有办法可以当作不懂。那些有雨的日子，有相处的愉悦，潜藏在青春的心底蠢蠢欲动的恋情，虫子一般啃噬着敏感的神经。

人约黄昏，人约黄昏。

相依着的身影走过校园里的环形跑道，走过校门外那条狭窄肮脏的小路，走过绵延的秋浦河大堤，走过河滩上的牛群、杨树林。河水清澈而安静，牵过来的手，绵软而温暖，秋草的气息里混进年轻的身体散发出的香味，禁不住微醉。

《红楼梦》里，少年宝玉"纵然室宇精美，铺陈华丽，亦断断不肯在这里"，"刚至房门，便有一股甜香袭人而来"，觉得"眼饧骨软"，道"好香"。

春梦缱绻，心智开启。

暮色四合，回到我们的校园，做一顿属于两个人共享的简单晚餐，这个黄昏的故事才算是画上一个句点。

二十多年的时光也就是这般去了，不记得多少风霜雨雪。我们吃同样口味的饭菜；穿同一个衣柜里收藏的衣服，有同样的淡淡的樟脑丸的气息散出。偶尔外出，睡在陌生的床上，彻夜辗转。不知道为什么会异地失眠，人道"欺床"。床哪里会懂得"欺负"人，是人之嗅觉奇妙而已。陌生的床与被褥，身边没有熟悉的气息，梦境破碎。

孤影却怕对黄昏，有情相伴夜亦明。

走吧，走吧。枫林正晚，人约黄昏。

生命的灯

小时候，常听大人们说一句话："人死如灯灭"。

大意是说人死了，所有的一切也都烟消云散，声名、财富、地位……统统化为乌有。我咀嚼好久，只品味出其中的伤感和无奈。

爷爷去世那年，我十九岁。在这之前，他病了一百零三天，中风之后神智一直不清晰。但这一天是腊月二十五，在外求学和工作的都回来了，儿孙一个不落，满满地跪了一屋子。在这一屋子人当中，不曾有人注意到我一直攥着爷爷的手，我感觉到他的手在我小小的手心里，慢慢地没有了一丝温度。

这是我平生第一次直面死亡。也就是在这之后，我明白了，生命原来真的就是一盏灯——温暖明亮的一盏灯！活着的时候，它照耀着自己。当生命去了，可那盏灯还亮着，在活着的亲人心里。

爷爷去世后的第二年，我回到故乡的中学做老师。每天往返在家和学校之间，但我总记得去奶奶那里坐坐。握握她的手，熟悉她掌心里的粗糙。从没有一种感觉是那么让我感到美好，也从没有一种触摸让我感觉如此清晰。并不是怕奶奶寂寞，我是怕我自己在人世的行走里忽略了什么。

每次凝视奶奶日渐老去的容颜，我看不到生命枯萎的痕迹。

奶奶说：年轻的时候，我性子很烈，但你爷爷憨。冬天了，我怕冷，就一直待在床上，你爷爷跑前跑后地忙活，把饭菜端到我的床前。

听奶奶说这些的时候，我的目光是游离的。

我看着她的小脚，怎么也不能把我看到和听到的一些，关于那个年代女子的经历与奶奶的说法等同起来。但她的话可信，因为我也隐约地有点记忆。

爷爷瘫痪在床的那个冬天，天气奇冷，我小脚的奶奶怎么就不怕冷了？在没有爷爷的岁月里，回忆她的生活，回忆爷爷，她的内心安宁。这样的安宁，来自于她的人生经历和情感经历。而她的情感一定跟爱情无关，可比爱情可贵，也更纯粹。也因为她的话，我相信生活远比想象中的美好。我明白：活着，就是点亮一盏生命的灯，照亮自己，也照亮亲爱的人。

在岁月的更迭里，奶奶已经又健康地活过十五年。如今八十三岁的高龄，她的思维仍清晰、明朗。我成家也多年了，不能每天再去陪她坐一会儿。每次回家，奶奶总是不经意地说到：爷爷好福气！

父母的年龄也渐趋大了，为他们的晚年做了一点住处的安排。跟父亲讨论的时候，他会说：你奶奶还在呢，再说吧。我们便不再多说什么。

"父母在，不远游。"我们怎么会不懂？

奶奶也会明白：她也好福气！因为生命的灯，也许不那么灿烂辉煌，但从来不曾寂灭过，从过去到现在，到将来。

灵魂的重负

　　跟爱人相恋的那年，我的公公已去世两年。但我总觉得，他的灵魂在天上一直注视着我。

　　第一次跟随爱人去他的家，是那年的秋天。从我们工作的小镇坐车，在城郊的路旁下车。沐浴着初秋的温暖阳光，踩着田埂上的青草，去他的家。云淡风轻里，感觉生活一如这个秋天的优美画卷，慢慢地在我的眼前舒展。

　　当我们一前一后，走在窄窄的田埂上，我轻声地对他说：我紧张。

　　"没什么人让你紧张的。你去了，母亲会是忙碌的时候多。至于弟弟妹妹，你不让他们紧张倒对了。"

　　我想，也是。他们有的都会是农家人的朴实和诚恳。我紧张什么？

　　跨进那间老屋，看到悬挂在正面墙上的那张照片，一个慈祥的老人，未曾谋面的公公。其实，他应该是年轻的，过世的时候年仅五十一岁。但他有很浓的胡须，就显得老了许多。

　　然后，我走着或坐在那间屋子里，总觉得他的目光在注视着我。柔和的、无声的目光里,有着欲语还休的慈爱。

晚上睡觉的时候,我跟婆婆一床。那时,我常常因为膝关节酸疼,彻夜辗转反侧,痛苦不堪。但那夜,我不敢吭声,也不敢翻身,怕吵着她。我想,如果我是和母亲在一起,也许我就会娇惯自己。潜意识里,觉得婆婆是外人吧。但婆婆终究是敏感的,许是我压抑的轻哼还是吵着她了。她用她粗糙的手抚摸着我的腿,后来她就把我的腿揢在她的怀里。我在黑暗里,睡意渐失,却泪滴软枕。

第二天,爱人带我在房前屋后的林子里到处转转。我懒着,不肯走。

我说:"我留着以后慢慢看。"

"是吗?"他应着话,看过来的眼神里就含了窃喜。

我说:"有一天,我可能对你不满意,但我爱这里。"他不知道,我爱的这里,除了那些山水丛林,其实更多的是爱他的亲人。

再后来,我们慢慢熟悉,也更多地熟悉我不曾谋面的公公。爱人说:小时候顽皮,被父亲训斥,罚跪,挨打。公公留给爱人的记忆都是严厉,记忆里的叙述都是爱,感激,怀念。但公公在我仍是我第一次的感觉,他慈爱。那慈爱就像是我背后的一双眼睛,默默注视。

他应该是希望我们平凡,快乐,健康,和睦。人们都说:临死的人,惦记着他未了的心愿,会死不瞑目。婆婆说:公公最惦记的就是你们都能成家立业,平平安安。我也明白,这是所有朴素的人最朴素的理想。爱人也不止一次说:父亲病重不能言语的时候,听到他的呼唤,就不断地流泪。父亲的眼泪,是他留给爱人无言的嘱托。因为他是这个家庭里唯一一个在外工作的人,哥哥姐姐不用他操心,但对于弟弟妹妹的照顾,他责无旁贷,而他更要成为他们的榜样。

听爱人说那些话的时候,我常常不言语。其实,一个身上背负了责任的男人,在我的眼里和心里,就比他那个人更重了。很多时候,我希望自己是可以替他分担一些,因为父亲的早逝,加在他心头的压力或者悲伤。

　　这一次，因为市区公墓迁址，公公的坟要迁。对于不得已破坏了他老人家多年的安宁，心里就揣了隐隐的担忧。

　　按习俗，其实我很少去公公的坟前。但这次在得知迁坟的消息后，我就一直不舒服。就像以前每次回家，就会昏昏沉沉的。婆婆说：他想你们了，看你一眼，也许你就会舒服了。冥冥中，我深信，我是他疼爱的人，他在天上看我。

　　请假跟爱人一起回去。其实这么多年了，家人安好，弟弟妹妹都已成家。因此，大家也没有明显的悲伤。但落棺的时候，婆婆也来了。她哭，听到她哭诉里让公公安宁的话。我站在一棵竹子的后面，泪水就悄悄滴落。祭拜的时候，我重重地磕了三个头。然后，我就觉得多日来的沉重一下子轻松了。无关宿命，关乎心境吧。

　　总觉得自己可能做得不够好，让公公惦记了。而这次因为迁坟，得以来看他，可以在他的坟前磕一个头，让他也舒心吧。天堂里，他是不是微笑过？

　　处理完事务，看着婆婆这一天因为忙碌略显疲倦的面容里带着的一点平静，我也平静。叫了出租车回家，在车上就枕着爱人的肩膀睡着了，是放下很多事情的安静熟睡。

　　梦里，是那些恍惚的岁月。婆婆粗糙的手抚摸着我腿的轻柔和温暖；是我两次进出手术室，看见他们眼神里的焦灼；是我躺在病床上，惦记因为晕车，只能走路，但要为我做可口饭菜的婆婆，她过马路知不知道小心？还有那些春天的日子，我们一回家，婆婆就上山打竹笋、采蕨菜；冬天的晚上，一家人坐火桶里，一会儿就会闻到芋头烤熟的香气，因为我这个水乡长大的人喜欢吃芋头，婆婆就总记得埋一个芋头在火里。

　　其实，一切都不是梦，是清晰的记忆，帷幕一般在心底展开。

　　爱着，也被爱，灵魂就加重了负担，但是在轻飘飘里却有了重心。无论走多远，不曾偏离，记得回家。

你是我的爸爸

  你是我的爸爸,你是给我生命的那个男人。
  我们小的时候,你挣不到钱,守着一份清贫的工作,却还乐此不疲。人家的爸爸跟你一样上班,坐在同一间办公室,但他的工资是你的几倍。因为,他是公办教师,而你是民办教师。
  很多人都说你"善",说你是"大好人"。可我们只看到,因为收不齐学生的学费,学期末交账的时候,你补不齐缺口,拿自己的办公椅抵了。此后多年,你的同事坐靠背椅,你坐家里带去的方凳。
  妈妈每天在田里做活很累,回家了还要做饭、收拾屋子。但你似乎看不见,得空就坐在桌前写着、翻着,也不知道你在干嘛。无论你干嘛,你的"懒惰"让妈妈格外辛苦,我们对你就只有轻慢。谁家的爸爸会像你这样啊?
  隔壁的一位妇人强悍泼辣,她总欺负妈妈。她骂起人来,连我们家的猪狗都觉得害羞吧。可她欺负妈妈的时候,你从来不帮妈妈。事后,还会批评妈妈怎么跟她那样的人一般见识。妈妈没招惹她,她们家的鸡吃咱们家的稻子不准我们赶,看见被我们赶了,她就会骂。可我们家的鸭子跑到她家的稻田,她宰了吃了,你也不准我们说一声。人争一口气吧,你怎么能要求我们就这样忍气吞声。

过年了,妈妈锅上一把、锅下一把地忙活。你倒好,差不多一进腊月,家里的门槛就被来来往往的人踏平了,那些人来了,胳膊底下夹着一卷红纸,都是找你写对联的。总是到了年三十的午饭边,家里才安静下来。你方才拿出红纸,写自家的对联。你的手因为冷了,僵了,写出来的字总不如给人家写的字好看。估计每年你都会写掉几瓶墨汁吧。当然,来找你写对联的人不会想到给你带瓶墨汁来。即使有人带了墨汁来,你也会一再歉意,一再地说:写几个字,耗不了几滴墨。一瓶墨汁一毛五分钱,但你出门从来不舍得给我们买几粒糖果。外婆每回来,都记得花一毛钱买七粒糖果,你一点都不如外婆对我们好。

姐姐上中学了,妈妈说让姐姐不读了,回家帮助做活。但你说:你就熬三年吧,孩子不上学怎么行,若她考不了学,回来就帮你做事。但一个三年过去了,姐姐毕业后去了异地。我读中学了,你还是对妈妈说:再熬三年吧,她身体好,上不了学,回来帮衬更得心应手。但我体质越来越差,书却念得好了,去外面上了师范学校。弟弟读高中了,妈妈已不再说让谁帮衬她的话了。

我回来做老师了,弟弟在京城工作了。而你守着的那份工作也仿佛曦光微露,有一天,一份文件下来,你转正了。第一回拿到那么多的工资,你请人吃饭。席间,看到你酒后醺然的脸,掩饰不住的笑意。我仿佛第一回看见,你老了,而你其实还年轻着。

我也要做妈妈了,可是我和我即将出世的孩子面临险境,很多人都守在手术室外,而你不在。后来,妈妈说:你跪在一尊佛像前,很久很久。你是老师啊,你该是无神论者啊,你怎么能相信冥冥之中的虚无?

你的几个孩子一个个长大,一个个去了远方,我是留在你们身边唯一的孩子，我一贯的糟糕体质已经让你们操心很多。因此，我第二回准备手术时，悄悄地去医院，想手术后再告诉你们吧。我甚至能够像你一样学会沉默、坚强地面对一切。我自己去医生那里，在手术协议上签字。但我去手术室前，你还是来了，赶的早晨第一班车。

送我去手术室，婆婆家的很多人都陪在手术室外，等了几个小时。你一个人回到我住的病房，坐在我先前睡的床上，啃几个馒头。我出来的时候，你的馒头也啃完了。你大概跟我说过什么，我在麻醉的昏迷里含糊地应过吧。看到我平安，你就回去了。你大概也没有伸手摸摸我的额吧。你是我的爸爸，但妈妈说，我们小的时候，你就很少抱我们。我不记得你掌心的温度。我大了，更没有机会感觉到你掌心的温度。你的手暖吗，你的手柔和吗？

虽说弟弟在京城十多年了，你退休多年，也不想去走走。但这一年，弟弟的孩子要出世了，你携了妈妈而去。在火车站拥挤的人群里，我看到你一只手拎着行李，一只手攥着妈妈的手。我走在你们的身后，感觉外面淋漓的雨，也不抵我内心的潮湿。

你是我的爸爸，你是给我生命的那个男人，你是我生命里最重要的那个男人。透过你，我才真正明白至善至爱。

生命的礼物

一

每天上班，11 路公交车驶过秋浦路与东湖路交叉的十字路口，就能看见悬于秋浦路上的一道横幅："每一份献血都是生命的礼物。"

二

都说本命年要提防。

在我人生的第二个本命年将来的那个冬天，母亲请算命先生给我算过一卦："这个孩子，明年有从江南到江北的一个大缺，戴上金银器或可化解。"

其时，我正要出嫁。即将做我丈夫的那个男人家中并无丰资，且寡母带着几个孩子。无论是母亲还是我，都不肯向他开口提买金银器的事。

末了，母亲想到家中尚有一件银器，是小时候姐姐、我、弟弟、妹妹均戴过的银项圈。妹妹也大了之后，不再戴，母亲就收在了箱中。按奶奶的说法，这个银项圈将来是要传给曾孙的，也就是弟弟的孩子。且这个银项圈颇有来历。姐姐出世时，是奶奶用一床新棉被从她的娘家换来，送给长孙女的礼物，自是珍贵无比。但母亲说："就把这个银项圈先给你戴着出门吧。"

后来，我翻看自己婚礼中的照片，心想：我大概是少之又少的戴银项圈的新娘吧。

但即使有这么一件重之又重的银项圈护佑，本命年那年，算命先生所言的那个从江北到江南的大缺，于我，还是险之又险。

婚后不久，我们有了孩子。从春至夏，倒是平安。转眼就是入秋，秋风一天凉似一天，我的身体也一天差过一天。

起先是孕期中无缘无故出了点血。孕期见红，人道不妙。但医生也没好主意，只说观察。再后来有一夜，夜半小解，从身体里哗哗流出的都是血。平生，从没见过流那么多的血。但腹中有子，这是上天赐予我们生命的礼物。即使身体中血涌如泉，也不哭不惊慌。伸手抚向腹部，轻声低语："孩子，你别怕，妈妈一定没事。"

躺回床上，不停地用手掌轻抚腹部，感受腹中生命的律动。每一次轻微的律动，都让我万分欣慰，仿佛都是孩子在告诉我："妈妈，别难过，我很好！"

自第一次大出血，到孩子出世的四十多天里，总共大出血三次。每次，都要吊一周的止血剂才勉强止住血。四十多天里，我差不多都是在医院度过的。身体里究竟流出多少血，我无法估量。只知道最后一次，血无论如何也止不住，医生决定，虽孕期不足，但必须提前剖腹产。

在手术室里，实施麻醉前，护士换大号针头吊水和输血。但她一连扎了几针也不见回血，她急得直哭。我安慰她："别急，慢慢来。"清晰如我，怎会不知自己身体里流出了多少血？不回血，或许是身体里的血快流干了吧。她说："应该扎进静脉了。"主刀医生冷静地告诉她："先这样吊着，扎歪了会肿的。"

在麻醉药尚未起效前，我还看了一眼挂在脚那头的输血袋，鲜红的血正流入我的体内。我默默在心底对腹中的孩子说："孩子，妈妈不好，无法供给你足够的血液。但医术发达，且还有别人送给我们的生命的礼物。从此，你、妈妈的身体里还多了一份新鲜的血液，我们一定是上帝格外创造的一份杰作。孩子，你一定要好好的啊！"

我清醒过来以后，已经不是在冷森森的手术室，而是回到了有点热闹的产科病房了。这里，有几个新生儿此起彼伏的哭闹声，夹杂着家属们进进出出、喜气洋洋的笑语声。护士又拿过来一袋冰箱里保存的血液，嘱家人放在怀里捂热，待会儿要重新换上。

"又一份生命的礼物。"

800CC的新鲜血液输入我的体内，在床上躺了四十多天，虽仍极度贫血，头晕乏力，但我的身体毕竟在慢慢恢复。怀中的幼子也能吮乳如饴，我给他取名"简"。

医生说："这个孩子是捡来的。"

我取"捡"的谐音，以感激上苍对我母子的厚待。

三

特殊的一段人生经历，让我更深地体味到每一滴血液的重量；也更深地体味到这份生命的礼物之于自身、之于他人的可贵。

给儿子喂乳结束后，我最大的愿望是好好养足身体，也能去做一名献血者。采血中心来单位采血，我去过。但他们对我说："有过受血史的人要等几年才可献血。再说，你体重太轻。"

自此，我不再认为别人说我身轻如燕是赞美。

年近三十时就有的愿望，四十岁的时候，我终于还是去完成了。

四十岁那年，我走进采血点，献出人生的第一份血。

之前，我对谁也不曾提。回来后，平静地告诉先生和孩子，获得了他们的支持。过后几天，想一想，还是要告诉父母一声。这么多年来，我的体质没少让他们担心过。我原想告诉他们，现在的身体状况好多了。哪里知道，父亲一接我的电话，就是一通责备："我前些天做了个噩梦，说是预示儿女有难，哪里知道是应了你去献血。下次再不许了！"我只好喏喏道："下次，不了。"

但一年后的下一次，我还是又去献了一次血。为了不让古稀之年的双亲过分担心，我对他们守口如瓶。

每一对父母都怜子如命。并不是我年上四十，还一定要去做一个违逆父母意愿的女儿。只是，我珍惜生命，更珍惜生命中的每一份获得与付出。因为获得别人的馈赠，我的生命更完满。因为付出，我相信自己的生命会更丰盈。

看日出

  这一回，送你去北方的一座老城求学。十八年以来，第一次送你去那么远的地方，远到没有一列火车可以直达。

  在你的寝室，把墙角、桌椅缝隙里的一点点灰尘都扫尽，甚至地板上的点滴污渍也拿清洁球处理干净。校园小超市，把想得到的日用品都寻了一遍，顶着烈日又去了一次寝室，也才是中午。

  你说：累了，不想去外面吃饭了。

  虽然，我们很想跟你在一起吃饭。我甚至跟你玩笑说：要不你请我们在你们食堂吃饭吧。你笑笑，没做声。

  那么，我们只好走了。

  走了，走过人行天桥，走过操场旁的梧桐树阴，走出你的校园。从午时到黄昏，我们仍旧在这座有你的城市逗留，再逗留。吃小巷子里的烤饼，尝热气腾腾的羊肉汤，听晚风中簌簌而舞的落叶之声。

  街灯次第亮起来，夜幕悄悄降临。我们终究要把你留在这里，踏上归程，返回我们谋生的江南小城。

从此，你不在那里，那座我们生于斯、长于斯的小城，有多么熟悉，也就有多么陌生。你不在这里，就此不再是无比惦念的地方，只是用来谋生。

午夜的火车将我们带往中转站，芜湖。

凌晨的秋风，无比的凉。候车大厅里，寥寥几个人，椅子上打盹。我们也各自沉默，坐着坐着，爸爸也在一旁打盹。我却一直面朝候车大厅的巨型窗户看，看高远的、黑漆漆的夜空。

天色渐渐亮堂，远处，山的那边，天空抹上了一点红晕。太阳慢慢露出羞怯的、绯红的脸，慢慢爬上山坡，慢慢升到空中。红光越来越亮，透过候车大厅的巨型窗户，在光洁的地面上投下剪影。天上，一个红太阳；地上，也有一个红太阳。

看到这里的时候，我微微地笑了一下。没有人知道，此刻，我心里想的是，那座北方的老城里有一个你；而在我心最深最干净的深处，也有一个你。

红太阳越升越高，高到我坐在原地再也看不见。候车大厅里，陆陆续续进来很多人，又陆陆续续乘上火车去往他们该去的地方。

我们也要走了，一并带走的还有这个早晨，在芜湖火车站候车大厅沉默着、看日出的短暂时辰。

也是第一回，在异乡的城市，我没有倦意，从凌晨到旭日初升，我一直清醒。或许，此后我将在无数个漫长的夜晚，彻夜清醒。

陪你长大

出生一百来天的时候,你晚上不睡觉,我只好抱着你,逗弄你,陪你说话,打发漫长的时光。突然的某一刻,你放声大笑。"白日娃,笑哈哈。"你果真像一个大人一样放声笑出来。

周岁边,你站在火桶里,趴在桌子上玩玩具。我坐在你的背后,织毛衣,看书,看电视。如此这般,我们能一个下午都相安无事。

十四月大的某个晚上,我们坐在火桶里,厨房里在烧水。水开了,我抱你下来,让你扶着火桶站着,我去厨房冲水。水冲到一半的时候,你松开火桶,往我身边走。走到厨房的门口站着,因为厨房的地面比客厅的地面矮一点。这个晚上之后,你就一个人走路了。但每一回,感觉到地面稍有不平,你就站在那里不动。因此,蹒跚学步的时候,你就很少跌,你的小心翼翼似乎是与生俱来。但可能人生小心得过头,就少了很多历练,直到今天,我还是能感觉到你缺乏足够的敢于尝试的勇气。

三四岁的时候,你爱看动画片。《米老鼠和唐老鸭》《大头儿子和小头爸爸》《奥特曼》,常常能一看一个下午或一个上午。而我常常很疲倦,嗜睡。当我在睡觉的时候，你把电视机的声音都差不多调成静音。等我醒来，发觉你是在看哑剧，说："怎么看无声电视啊？"

"声音大了，吵到妈妈睡觉。"你答道。

五六岁的时候，你搭积木，在我的床边搭漂亮的房子。我在床上休息，鞋子放在你积木的旁边。你把我的鞋子拎到另一边，对我说："妈妈，你从这边下来。"我知道你是怕我碰坏你的"房子"。过了一会儿，我起床去了客厅，但我又回到房间来拿什么东西，走到你的积木旁。你在客厅突然放声大哭，往地下一赖，像一个蛮不讲理的孩子，你以为我是要毁坏你的积木。但我其实哪里会，即使无意我都不会，因为我懂得你。这是你第一次如此激烈地表达你的情绪，也是我第一次看到你像一个孩子一样大哭。你是孩子，可你几乎不会像孩子那样用哭来表达你的情绪。

七岁时候的某一天，你在外面只玩了一会儿，我没叫你，也没到吃饭的时间，你就自己回家了。回来就坐我身边，一会儿之后趴在我腿上睡着了。我心想，你是倦了，就抱你去床上睡。但后来，我想肯定有点不对。再去看看你，伸手摸摸你的额，你发烧，小脸烧得通红。我找来体温计测你的体温，38.5°。我找不到爸爸在哪里，我想抱你去看医生，三楼，很够呛，我背你下楼。第一回，我觉出你是如此沉。

八岁的时候，你做作业累了，想起吃橙子可以提神，就去拿橙子。看到只有一个橙子的时候，你拿着那唯一的一个橙子来到我身边，叫我吃。还有，我们都爱吃巧克力，但我更爱吃那种苦一点的。每回吃的时候，你一定找那种塞到我嘴里。有一回，你告诉我，你也爱那种口味的。

九岁的时候，我们去北京。你带小你三岁的妹妹去坐电梯，上到二十二楼，又从二十二楼坐下来。下到八楼的时候，电梯停下来，有人出去，妹妹也跑出去了。你没来得及拉住她，只好坐到一楼，又上到八楼去接她，妹妹坐在八楼哭。你批评她："谁让你乱跑的？"你上幼儿园的时候，有一回，一位亲戚逗你玩，说带你回家。虽说你认识他，经常见他来家里，但你就是不肯。趴在幼儿园的铁门上，一点都不动摇，说："我等妈妈。"

十岁的时候，你看电视，电视里正在播吸烟有害健康的公益片，你看得暗自掉泪。我问你怎么了。你说："爸爸抽很多烟，怎么办？"爸爸喝醉了，我找医生给他吊水。他沉沉地睡，打呼噜，嘴里不停地呼出一些白沫。你拿餐巾纸给他擦，又站起来看看吊水。已经夜里十点多，你犯困，不停地打哈欠。我让你去睡觉，但你应着，却没挪动身子。我们去平天湖玩，你边走边吃板栗，但你把每一颗板栗壳都放在你提着的小袋子里。

十一岁的时候，下了很久的雪，积雪久久不化。我们下楼，一楼楼梯边的一段路结了厚厚的冰，很滑。你小心地走过去了，回头嘱咐我："妈妈，你小心。"

十二岁的时候，我们去婺源。我爱在那些古旧的村落里穿行，但我一走就迷路，哪怕是走了多次的地方，总是你从原路回来找我。在家的时候，吃过晚饭都有一些人在外面走走路，也聊聊天。而我总是在那些人都回去之后，才到外面去走走，我喜欢一个人的环境，享受着一个人的安静。我出去的时候，你说："外面都没人了，你出去危险哦。"冬天了，我几乎不再出去散步。你说："晚饭后走走路，有益健康。"你上中学了，第二次月考交了试卷后，你回来掩了门，坐在自己的房间里掉眼泪。第一回，你因为学习掉眼泪。你说拿到数学试卷，看到题很难，你手发抖。我念书的时候，数学也糟糕。我坐在你身边，跟你说话，没有责备，只有疼惜。总会好的吧，我相信你，我们一起努力。以前你语文不好，爸爸说我没尽到力，我很狂妄地说："我的儿子，语文绝对不会差，不信你瞧。"也不过两年的时间，我看到你语言领悟力的进步。

能够陪着你长大，是我的快乐，也是我最大的满足。你留给我的记忆总是最深刻的，记录你的点点滴滴是我收藏的最宝贵的财富。我相信你会越来越成熟，越来越强大。未来的日子里，也许我将不仅仅是那个总是迷路要你找的妈妈，我会比你还软弱，比你更爱掉眼泪。但又有什么关系，我们彼此是懂得的吧。你上中学，我调整工作，你说不要我做你的老师，但我做你同年级的老师，我乐意用这样的方式来看着你成长。你的个头差不多超过我了，你好久都不再跟我比个头。超过我的，将不仅仅是你的个头、你的乒乓球技术，还有很多吧。

我是你矮小的母亲

午睡起来，洗漱过后，站在穿衣镜前整理衣裳。你从我的身边走过去，复又走过来，站到我的身后，挺一挺背，咧嘴一笑："妈妈，你怎么这么矮呀？"

"我矮吗？"扭头看看你，也一笑。

童年时期，我是家里长得最壮的，个头体型都超过年长妈妈三岁的大姨。

少年时期，我是班上最高的女生，名字排在学校"光荣榜"的最上面。我走过的地方，总会遗落无数躲闪的目光。

青年时期，我与你的父亲出入任何场合，没有人说我输在个头上。你知道，他一直高大挺拔，健硕的体态玉树临风一般。

但今天，在少年你的眼里，我成了如此矮小的母亲。矮小到我扭头看你，触到你俯视的目光，层叠着丝丝狡黠与自豪的光芒。

其实，我早就知道，我如此矮小，且气力有限。

你七岁那年，有一天，你在外面玩，后来就一个人不声不响地回来了，和我一起坐在火桶里，又不声不响地趴在我怀里睡着了。我心想：儿子今天怎么这么乖啊。抱你去床上睡，转背一想：不对。你上学后，就绝少在白天睡觉。摸一摸你的额，果真，你是发烧了。我打醒你：儿子，你发烧了，妈妈驮你去打针。爸爸不在家，要抱你走下三楼，真是够呛，只能驮了。

九岁那年，我们带你去北京。我问："我们第一站去哪里玩啊？"你说："当然是动物园，那里还有海洋馆。"于是，我们第一站就选择去动物园。看到那些老虎、狮子、鸵鸟、雉鸡……你一路走，一路兴奋地向我们炫耀你从书上了解到的知识。几个小时逛下来，我累得腿都提不起来了。站在海洋馆前的太阳里，我掩饰不住疲倦。我对你爸爸说："你带儿子进去看，我在外面坐一会儿。"你说："妈妈，你真扫兴。但是可别后悔哟。"

我怎么会后悔？如同，看着你长大，我只有欣慰。

我小的时候，偶尔有机会看露天电影。两棵大树之间拉起一块白帆布，就是银幕，方圆几里地的大人孩童都赶来看。先到的人，可以坐在银幕下，近距离清晰地看。来得迟的，坐得远，或是坐得偏，看银幕上的人，也是不漂亮的。还有，更迟来的，坐着看不着了，只能站着。那些站着的父亲或者母亲的肩上，差不多都骑着他们的孩子。偶尔看一场电影，对于很少出过远门的人们来说，是难得的奢侈。但实际上，劳碌的疲惫让他们更贪图一场酣畅的睡眠。可是，只要是他们的孩子吵闹着要来看电影，父母就不会拒绝。哪怕，连坐的地方也没有了，也会让孩子骑在自己的肩上。

我的孩子啊，你会长得更高更壮，我就只能是你眼里矮小的母亲。其实，天下的父母，都是如此矮小。只要他们的孩子，能够始终站立在自己的肩头，攀得更高，望得更远就足够了。

爱到无力

　　弟弟的两个宝贝八九个月大了，正淘气得很，已经难得安静地坐一刻了。因为跟母亲在一起的时候多，母亲一出现在他们的视线里，他俩好像就商量好了的，一起闹着要母亲抱。有时，他们坐在地板上，母亲跪下身子抱起其中一个，竟然半晌也直不起腰来。隐约听到她暗暗地叹息：怎么就老得这么没有力气了呢？

　　十多年前，我的孩子小的时候，母亲可以抱着他在楼梯上上上下下好多趟，也没见出累。二十多年前，妹妹刚出生的那两年，外婆生病，母亲一到星期天就去看外婆。一手拎点食物，一手抱着妹妹，一趟要走上二十多里路。

　　但现在，我的母亲老了，她疼爱她的孙儿，但她终究是爱到无力。

　　带了两条大鱼回家，天气也冷得很。结婚十多年，很少做杀鱼、宰鸡这类的活。但这回，不再把鱼扔到地上不管不问，仍旧玩自己的去。而是默默地卷起袖子，磨了刀，收拾净这两条鱼，弄得一身的鱼腥味也没显出烦躁。

觉出母亲老到无力、爱到无力的时候，我想，原来可以有力地做事情是多么好。

以前身体不好，常常被疼痛折磨。遇着先生不在家的时候，要准备饭菜，锅里煮着食物，而人竟然连立在那里等候着也撑不住。拿个凳子坐在油烟弥漫的厨房里，心里会生出无边的黯然。后来，身体好了，不再被病痛折磨，我默默做着琐事，心底不再生出厌烦。还有什么比健康地活着，游刃有余地做着琐事更快乐？

先生淘气的时候，会冷不防从身后一把抱起我，就地旋一个圈儿。但我有轻微的眩晕症，每次被旋过后，禁不住恶心。因此，并不太喜欢他这个样子。偶尔表示亲昵的时候，我也会紧紧地拥抱他，甚而让他透不过气来。他说：没觉出你居然也这么大的气力？我脖子一横：看你下次还敢欺负我？

即使淘气，或者亲昵，能够感受得到彼此的有力，多好。

电视剧《过把瘾》里，方言和杜梅相爱一场，他们自己布置着大教室改作的新房，拿报纸糊写满"爱"的黑板。可是有一天，方言病到很重，他想拥抱杜梅，可是他的手臂没有力气。看着他无力的手臂软塌塌地环在杜梅的背上，我心想爱到无力，才真是最大的无奈。

站在余晖洒落的小院里，看斜阳一寸一寸离去，终于无力攀上我凝视的眼睛。暮色里，我泪眼模糊。

所有亲爱的人，在我健康、有力的年岁，我好好爱你们，用了我所有的力气。总有什么是无法抗拒的，像岁月的溜走，像疾病的侵袭，当我终于爱到无力的时候，请为我拭去眼角忧伤的泪。

亲人节快乐

按洋人的习惯来看，今天是情人节。估计，大街上的红玫瑰又开始泛滥了吧。

"你既有大女人的胸怀，又有小女人的情趣。"这句话真中听。但即使有大女人的胸怀，大略也是在意一束红玫瑰的吧。小女人的情趣，就更少不得一束红玫瑰的装点吧。

只是我的那一位，向来缺少一根浪漫的筋。屈指可数的那么几次收到红玫瑰，一次来自某年的情人节那天，那是他给自己买衣服，商场的赠品。一次是在宵夜，被卖花的小女孩缠上，几个人瞎起哄，一人买了一枝吧。我为此戏谑道："人家卖花的小女孩很难，帮助人家也是应该的。"特别感动的一次，是我大病后出院，收到一大束的红玫瑰。其实，在我看来，仅此一次就足够了。在经历了疾病痛苦的煎熬之后，在玫瑰的芬芳里，重新感受到生的欢愉，生的灿烂。

寻常日子，也吵闹，摔杯子、摔碗，并口出狂言："你给我滚！我不想看见你。"

他很是狼狈地抽身离去，消失一会儿。可一会儿之后，他还是回到身边，熟悉的气息，混杂着汗味、烟草味、酒精味。他在你的身边高一声、低一声地打鼾，沉睡。仿佛一切都不曾发生过，他沉睡的面容如此舒展，如此无辜。不禁暗自笑笑，心情像六月的天空刚下过一场滂沱大雨，云开雾散，澄澈如碧。

有些时候，他说："拜托，姐姐，你能不能讲点道理。"听得出这一声"姐姐"的称呼，是他对面前这个任性女人的无可奈何。心底里，那些锐利的锋芒便悄悄收敛了许多。

有些时候，懒了，唤一声："哥哥，你去做饭，我待会儿洗碗，可以吧。"这"哥哥"的叫法，是女人惯用的哄骗人的小伎俩。但被呼着"哥哥"的那个人，也并不说二话，已经去了厨房。锅碗瓢盆的叮叮当当，奏响了一支生活的快乐交响曲。

原来，没有血缘的两个人，相处得久了，让他们真正感到快乐，永恒的快乐，并不是单靠玫瑰花营造的浪漫。多么浓烈的爱情的芬芳，在岁月的风里，一点点地淡了，散了，只剩下相濡以沫的妥协，或者慈悲。他们是爱人，更是亲人，可以争执，但不可以离弃。

当我坐在这里敲打这些文字，厨房的锅里正在煮着饺子。那些饺子，是我亲手剁的肉馅，又亲手一个个包成。那每一个饺子上，都留有我的体温。已经有点晚了，但那位似乎还没有起床的意思。我走到床边，叫道："哥哥，起床了。再不起来，饺子煮过头，就不好吃了。"他含糊地"嗯"一声，掀开被子。转身离开的时候，我对他道一声："节日快乐！"他大概不知道，我最想说的是："亲人节快乐！"

对。就是"亲人节快乐"。知道这个概念是源于一个孩子，情人节的这天，他费尽心机要送生病的母亲一份礼物。因为，他一直以为是亲人节。

情人节，更是亲人节。那么，就跟我们的亲人们道一声："亲人节快乐！"

后记

阅读、写作，填满工作之余的每一个空隙。把这些散落在报刊杂志一隅的文字碎片辑录出版是很久以来的愿望。今天，它终于呈现在你的面前了，赞美或是批评，我都诚心感谢。

2019 年夏于池州